Y

Ye

21985

LA VOIX DU DÉSERT

OU

LES POLÉMIQUES,

PAR

Philibert-Benoît FAVRE, *des Fougerards.*

PRIX 25 FR.

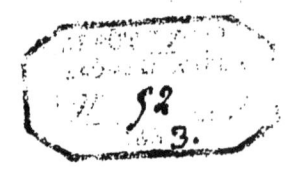

LA VOIX DU DÉSERT

OU

LES POLÉMIQUES,

PAR

Philibert-Benoît FAVRE, *des Fougerards.*

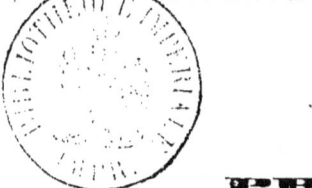

PRIX 25 FR.

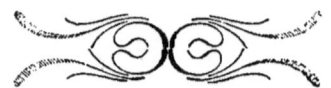

CHAROLLES,
Imprimerie de Damelet.

1851.

LES POLÉMIQUES.

DE 1830 A 1847.

AVANT-PROPOS.

*Falso libertatis vocabulum obtendi ab iis qui
privatim degeneres, in publicum exitiosi,
nihil spei nisi per discordias habeant.*
(TACITE. AN. P. 303. LIV. II.

Le mot de liberté n'est qu'un vain prétexte
allégué par des hommes qui, perdus dans leur
vie privée, instruments de ruine pour leur pays,
n'ont d'espoir que dans les dissensions.

Frappé du politique événement qui vient de s'accomplir, tu me demandes, cher Hector, quelles sont, à
mon avis, les causes de l'état déplorable où nous
sommes réduits.

Sans entrer dans les vues de nos écrivains, dont
le zèle intéressé exploite la fiévreuse curiosité du vulgaire en se prostituant à l'égoïsme des coteries, je
t'exposerai loyalement le fond de ma pensée.

Attaché dès l'enfance à la culture des beaux-arts,
je ne fus jamais initié aux mystères de la prétendue
philosophie du dix-huitième siècle. Imbu des vérités
qu'enseigne la religion du Christ, je n'ai jamais compris

d'autre sagesse que la sienne. En vain l'esprit d'orgueil a déroulé devant moi le tissu des absurdités modernes. Effrayé des erreurs qu'en tous temps propagèrent les impies, on ne m'a jamais vu sacrifier aux systèmes du jour les convictions du passé. En garde contre les écarts de l'humaine raison, je me suis toujours méfié de ces doctrines subversives enfantées par l'esprit novateur. Sujet fidèle, ami constant, solitaire ignoré, je ne vois dans les hommes qu'une société de frères, dans les princes que des chefs de grandes familles, dans les pasteurs spirituels que des oingts du Seigneur.

On m'a quelquefois insinué que la démocratie était le système gouvernemental le plus en harmonie avec les besoins et les droits de l'humanité; que l'homme, Dieu lui-même en venant sur la terre, avait imposé ce mode de régir. Le tribut que son évangile me prescrit de rendre à César m'a démontré le mensonge de cette assertion. Mon cœur est resté ce qu'il devait être, c'est-à-dire soumis à ses parents, respectueux envers ses supérieurs, humble devant son Dieu.

Si tous les hommes avaient conservé le cachet de la simplicité primitive, à travers leur faiblesse, on verrait encore percer le flambeau de la foi. Mais, je rougis de le dire, au point où sont parvenus les égarements de l'esprit humain, nulle chance probable aux bons principes du passé.

Cette inertie religieuse, ces vociférations athéistes, ces négations anti-sociales, ont dû nécessairement épuiser la patience de celui qui voit tout.

Nul doute que notre malice ne soit arrivée à son comble, nul doute aussi que le châtiment ne soit proche et mérité.

La liberté de penser n'autorise pas la licence. Il est des principes éternels gravés dans le cœur de l'homme : on ne saurait les en arracher sans le réduire au niveau de la brute.

Que penser, en effet, de ceux qui nous disent : *la divinité n'est qu'un mot, la propriété n'est qu'un vol, la famille n'est qu'une honte ?*

O mon ami, ne cherchons pas ailleurs la cause des fléaux qui pèsent sur la patrie. Les déceptions apostoliques, les sinistres de la terre, les prodiges sphériques, n'ont que trop démontré l'indignation de l'arbitre suprême. Admirons sa patience qui nous laisse le temps du repentir, osons faire un retour sur nousmêmes, et cherchons dans sa miséricorde inépuisable un remède à tant de calamités.

Maintenant, puisque tu l'exiges, je vais raisonner sur l'état de choses actuel d'après les faibles lumières que je dois à l'expérience, aux documents légués par les générations éteintes, aux luttes scandaleuses de celles qui survivent, aux méditations de mes loisirs.

Lorsque dans un pays, riche de ses produits, l'œil industriel se détourne du sol pour embrasser les objets de luxe, l'éphémère bien-être que procure au travailleur ce débord de futilités, loin de stimuler sa vertu, fait germer dans son cœur une ambition qui l'égare, une inquiétude dont les faux calculs ne réalisent que des déceptions. Séparé de la glèbe, il perd le souvenir des enseignements religieux dont son enfance fut dotée. Ignorant orgueilleux, citadin turbulent, ce transfuge des sillons agricoles, dépouillé par le chômage de ses ressources quotidiennes, s'irrite à l'aspect de celui qui possède, et ne voit dans la propriété qu'un larcin fait à son existence. Incapable de pénétrer les secrets de l'éternelle sagesse, il se dit *que l'inégalité des conditions n'est qu'un envahissement des classes privilégiées; que les hommes, nés égaux, n'ont de règle à suivre que leur instinct naturel; que reconnaître une autorité quelconque, c'est se constituer esclave; qu'un Dieu juste et rénumérateur, maître du ciel et de la terre, ne serait autre chose qu'une tendance morale à l'état despotique; que le hasard, seule cause des mouvements de la matière, a produit cette réunion d'atomes d'où résulte l'organisation des corps; que leur vitalité, perissable de sa nature, n'a d'autre avenir que le néant.* Novateur en délire, après avoir détruit l'autorité des traditions, il va jusqu'à nier la famille qu'il déclare infame.

Ainsi, tout ce qui fut sacré parmi les nations, tout ce qui porte le caractère de la légitimité, tout ce qui met un frein aux passions de l'homme ou l'arrache à son oisive indolence, est une atteinte à la liberté individuelle. De là cette fermentation continue à laquelle des hommes de mauvaise foi prêtent le secours de leur vaine éloquence.

Osons le dire ici, le SIÈCLE DES LUMIÈRES, en démoralisant les générations présentes, a jeté sur le sol

Européen le germe de tous les désordres qui menacent l'existence des peuples. Encore quelques lustres d'impunités, et l'avenir n'offrira plus que des éléments de trouble. Encore quelques enseignements progressifs, et nous retombons dans les stupidités de la barbarie. L'antique point d'honneur, qui rattachait nos pères au précepte de la subordination, fait place à l'amour d'une liberté sans frein. Nul ne veut obéir, tous veulent commander. Dans ce conflit des ambitions privées, tout pacte social qui maintient un ordre hiérarchique est signalé comme une usurpation. La haine des rois, inoculée dès le berceau, rend l'homme hostile à tout ce qui porte un caractère de supériorité. Dieu même, dans cette révolte de l'esprit d'orgueil, perd son influence sur les générations dépravées. On renverse les trônes, on couvre de mépris les capacités morales ou religieuses, on arrache du cœur tous les germes de foi, tous les sentiments élevés. La confusion remplace l'ordre, et l'autorité méconnue, après les jours de popularité, succombe sous le despotisme des perturbateurs.

Dans les convulsions de l'anarchie, la simare parlementaire affuble ses utopies des lambeaux pourprés qu'elle arrache au pouvoir. Le paupérisme d'une part, le monopole de l'autre, se chargent alors de venger la morale publique des attentats de l'esprit de révolte. Éjections d'un sang impur, ces deux chancres du corps social dévorent jusqu'à son avenir.

La liberté sans régulateur, la fraternité qui ment, l'égalité qui dépouille, sont les prétextes dont le sophiste se prévaut pour égarer la foule qu'il séduit. Le

prestige des formes oratoires, qui jette sur la fausse
théorie un éclat passager, s'évanouit bientôt devant les
conséquences du fait. Ebloui par l'éclair d'un changement flatteur, mais froissé par ses résultats, le
peuple émancipé ne voit plus dans les formes républicaines qu'une source de ruine pour lui, qu'un moyen
de spoliation pour ceux qui sapent les trônes. Les instincts dynastiques se réveillent au souffle du malheur,
et toutes les sympathies sont acquises à la main qu'on
suppose assez ferme pour rétablir l'ordre interverti. De
là cette presque unanimité qui revêt l'homme nouveau
de tous les attributs d'une puissance improvisée.

Après les excès, les fautes, les jactances de notre
première révolution, chacun s'étonne de voir les mêmes
scènes, les mêmes erreurs, le même enthousiasme se
reproduire. On jette alors des regards inquiets sur les
détresses du passé. Le vertige dont nos pères furent
les artisans ou les victimes, dépouillé de ses illusions
comme d'un voile, nous apparaît dans toute sa laideur;
et le bon sens public, seul juge compétent, fait justice de ces doctrines subversives accréditées par les
hommes du mouvement. Il reconnaît, avec le sage,
que la puissance suprême émane de Dieu seul; qu'elle
réside, à l'égard des enfants, dans le père de famille,
à l'égard des serviteurs, dans le maître, à l'égard de tous,
dans le chef; plein de foi dans le droit divin qui la
confère, il comprend que les masses ne peuvent l'e-
xercer par elles-mêmes sans tomber dans les inconvénients
de la confusion. Il reconnaît que plus elle se divise,
moins elle assure le bien-être.

Revenu de ses erreurs, le peuple éprouve le besoin de déléguer à d'autres une souveraineté qui lui pèse. Ainsi qu'il l'avait collectivement reçue, il la transfère à l'élu de son choix. De là ce caractère sacré dont le pouvoir du chef est investi, de là ce respect dû à l'homme qui gouverne par tous et pour tous, de là enfin ce légitime droit qui se transmet aux successeurs tant que le pacte n'a pas été violé.

Le droit d'élire un mandataire suppose incontestablement le droit de le révoquer; mais cette révocation elle-même ne peut avoir lieu qu'avec les formes employées lors de l'élection.

Partant de ce principe, je dis que la crise politique de 1830 ne fut qu'une usurpation de pouvoir colorée par le prétexte du bien public.

De toutes les ambitions que l'esprit de parti faisait mouvoir alors, celle de Louis-Philippe offrait seule un caractère de popularité. Son père, en flattant la révolution, avait tracé la ligne que le fils devait suivre.

Il ne s'agissait pas, en 1830, de fonder une démocratie, mais de consolider les institutions libérales octroyées par une charte et violées par des ordonnances.

La branche aînée des Bourbons, dépouillée des sympathies actuelles, n'offrait plus de garantie à l'État qu'elle venait de décevoir. Un seul pas vers l'arbitraire avait livré Charles X à toutes les colères, à toutes les indignations du peuple. Le pacte était méconnu, l'ordre interverti, le serment délié, la déchéance encourue. Mais cet état de choses, en motivant la réprobation individuelle, ne pouvait constituer un droit contraire à l'ordre successif maintenu par la charte.

Pour que le règne anticipé de Louis-Philippe eût acquis la stabilité dynastique à laquelle une usurpation ne peut servir de base, il fallait deux choses : que le mandat fût régulièrement infirmé ; qu'il fût de nouveau librement consenti.

Le vœu général, qui avait mis la race de Pépin sur le trône, pouvait seul dépouiller ceux que la loi salique appelait à l'exercice d'une prérogative déclarée héréditaire. Lui seul pouvait sanctionner l'avénement d'une nouvelle dynastie.

Or, la représentation nationale, dissoute avant le fait des Ordonnances, ne pouvait être reconstituée que par le peuple et dans les formes voulues. Une fraction parlementaire, désormais sans mandat, ne devait se saisir que provisoirement du pouvoir abdiqué. Le peuple, ému par la violation de ses droits, debout sur le champ de victoire où son courage avait repoussé le despotisme, pouvait seul, dans le calme de sa conscience, infliger une peine ou récompenser un dévouement. Provoquer la réunion des colléges électoraux, maintenir l'ordre en attendant les nouveaux mandataires, étaient la seule mission que pût s'attribuer la puissance de fait. En l'absence d'une révocation légale, Henri V demeurait investi de la couronne, Louis-Philippe restait dans l'expectative du droit.

Ceci compris, nul doute sur les chances, plus ou moins éloignées, auxquelles un règne superposé devait se voir soumis. Toute puissance qui n'a que le fait

pour origine est sujette aux versalités des passions, et
la force qui fait la loi succombe tôt ou tard sous la
force opposée.

Au surplus, prétendre que la province, par une ad-
hésion unanime, avait légitimé le choix de la Capitale,
accorder à l'émeute un si large attribut, c'est livrer
l'avenir de la France au bon vouloir de la centralité ;
c'est donner aux caprices du fait l'autorité du droit ;
c'est enfin tomber dans l'arbitraire auquel tous veulent
échapper.

En fait de gouvernement représentatif, l'urgence ne
saurait justifier le mépris des formes. Un principe n'a
de force que par l'inviolabilité. Toute variation dans
la manière de l'appliquer porte atteinte à son existence,
anéantit son autorité. Le peuple est souverain, je l'accorde ; mais une fois lié par une convention, nul ne
peut s'y soustraire, à moins qu'elle ne soit valablement
résolue.

Plusieurs soutiennent que le couronnement de Louis-
Philippe était la révocation tacite des pouvoirs confiés à
la branche aînée des Bourbons. Je le répète, un mandat formel veut une révocation expresse ; d'où la conséquence forcée que, hors ce dernier cas, le pacte
consenti subsiste.

On pourrait opposer au paradoxe exhumé des ar-
chives de la Montagne la partie du discours que Voltaire, ce coriphé de la philosophie, met dans la bouche du vertueux Potier parlant au chef de la ligue :

En vain nous prétendons le droit d'élire un maître,
La France a des Bourbons, et Dieu vous a fait naître

Près de l'auguste rang qu'ils doivent occuper,
Pour soutenir leur trône, et non pour l'usurper.

Je ne m'arrête point aux répugnances, aux antipathies alléguées contre la famille royale. Un prétexte
spécieux ne saurait légitimer une violation. L'ordre
successif, je crois l'avoir prouvé, ne peut être interverti que par ceux mêmes qui ont le droit de l'établir,
que dans les cas et avec les formes prévues. Point de
vœu général qui révoque, point de volonté manifeste
qui substitue; par conséquent, point de cessation du droit.

Je sais que des sophistes ont exploré l'histoire pour
élever un faisceau de reproches contre les individualités
dynastiques; mais les fautes, les erreurs commises dans
l'exercice du pouvoir, par quelques têtes couronnées,
ne légitiment pas la révolte. Il est des voies légales pour
obtenir la réformation des abus. D'ailleurs, une popu-
lation qui ne perd pas de vue les devoirs imposés par
la religion du Christ, souffre sans conspirer les maux
qu'un triste règne assume quelquefois sur elle. Au lieu
de lever l'étendard contre les chefs que Dieu suscite
dans sa colère, elle adore la main qui châtie, respecte
l'instrument de vengeance, et borne sa prérogative à
soupirer pour un meilleur avenir.

Les hommes passent, les principes restent. Une puissance qui fonde sa durée sur les caprices de l'orgueil,
est variable de sa nature. A Dieu seul appartient la
stabilité. Point de sanction divine, point de prérogative
durable. Unir le trône à l'autel, fonder sur cet accord
les espérances de paix, c'est donner aux institutions le
caractère sacré d'où résulte le bonheur des peuples.

Appeler la multitude à l'exercice d'un pouvoir qu'elle ne saurait comprendre, ériger en législateurs ceux que leur ignorance rend incapables, exciter l'orgueil populacier par l'appât d'une souveraineté chimérique, enfin, confier aux aveugles le soin de diriger ceux qui voient clair, c'est, par une adulation coupable, attribuer aux viles passions de la classe abjecte une suprématie qui ne convient qu'à la vertu.

Qui de nous pourrait encore s'abuser sur les conséquences d'une si fausse politique? Après l'épreuve de 93, est-il un seul être de bon sens qui n'ait pressenti les résultats de la nouvelle crise à laquelle un roi de fait a succombé? D'où naît la stupeur qui succède aux premiers élans d'une liberté mal comprise? A quelle cause attribuer les déceptions qui surgissent de toutes parts? Le crédit public est anéanti, l'argent cesse de circuler, toutes les spéculations industrielles sont paralysées. Une émeute permanente arme le prolétaire contre celui qui possède, le travail cesse, et la mendicité remplace le bien-être. Elle assiège le palais comme le chaume indigent, brave l'autorité civile impuissante à la comprimer, menace les populations agricoles, et répand jusques dans les cités la terreur de ses attroupements. Tout est mis à contribution par ce débord licencieux. Les honnêtes gens fuient leurs domiciles envahis, le capitaliste enfouit ses trésors, le spéculateur interrompt ses achats faute de numéraire; on ne voit que faillites, qu'infidélités commerciales, que renversements de fortunes; au lieu d'un cens justement réparti, des mesures temporaires viennent arracher aux possesseurs des biens la presque totalité des produits que le travail en retire; un gaspillage financier réduit à zéro les ressources que cette injustice procure; et l'État, qu'on voulait secourir, se voit à la veille d'une banqueroute. On entrevoit déjà le désastre d'un nouveau tiers consolidé, conséquence du papier-monnaie.

Chacun se demande alors ce que c'est que la démocratie. Au cri de vive la République succède un silence négatif qui la tue. On sent la nécessité d'un pouvoir exécutif fortement constitué. Parmi les incertitudes de l'esprit de parti, l'instinct dynastique reprend ses avantages, et plus de cinq millions de voix prouvent que la France désire un chef qui la gouverne.

En vain cherche-t-on à stimuler le peuple au moyen d'un appât désormais sans crédit. Les mots liberté, égalité, fraternité, ne signalent plus à son expérience que des misères ou des spoliations. La propriété, que menace le niveau du communisme, à laquelle un esprit de vertige imprime le sceau de la réprobation, que le pouvoir temporaire écrase de subsides, et que l'inertie agricole prive de ses produits, se révolte elle-même contre un ordre de choses qui lui devient de jour en jour plus hostile. On se demande où veulent parvenir ces hommes que les essais de soixante ans n'ont pas suffi pour éclairer? Chacun tremble à la seule pensée d'une spoliation qui armerait de nouveau les citoyens contre les citoyens, étoufferait les derniers germes de l'honneur, et, dans les convulsions d'une guerre intestine, enfanterait le mépris des lois, premier pas rétrograde vers la barbarie ou l'asservissement.

Mais, dira-t-on, l'impulsion donnée en 93 a d'autant plus d'actualité rationnelle, que les lumières aujourd'hui sont universellement répandues. Chacun sait qu'il a les mêmes droits aux jouissances d'un bien-être que s'arrogent exclusivement les classes privilégiées. Tous comprennent l'opportunité d'une plus juste répartition des terres.

Erreur! la situation des hommes de la première époque était tout autre que celle des générations présentes. Avant le brisement du joug féodal, toutes les propriétés, envahies par les nobles ou le clergé, ne passaient aux mains du serf que précairement et chargées de redevances plus ou moins serviles. Aujourd'hui que l'indemnité des biens nationalement vendus, en absolvant les possesseurs, les a saisis d'un droit qui n'est plus contesté; maintenant que le peuple des campagnes est devenu propriétaire incommutable des immeubles qu'il ne tenait qu'à titre onéreux, il ne faut plus lui parler d'une égalité qui le dépouillerait de ce qu'il envisage comme une juste conquête. Un partage universel, base d'un équilibre impossible à garder, ne serait à ses yeux qu'une velléité de spoliation sottement parodiée. Le sequestrement des propriétés en faveur de l'État n'offrirait à son avenir qu'un ilotisme déguisé; d'où la conséquence que, dans l'un et l'autre cas, la guerre civile aurait une nécessité flagrante.

Investi du patrimoine que lui garantit la sanction légale, il n'est pas un seul propriétaire qui ne repoussât énergiquement les mesures intempestives auxquelles une fraction anti-sociale ose donner du retentissement. S'il

a suffi d'un décret temporaire, au chiffre de quarante-cinq
centimes par franc, pour dépopulariser le gouvernement
provisoire de février, que serait-ce donc s'il s'agissait
d'un dépouillement intégral?

Je sais qu'à défaut de noblesse féodale, une brutalité populacière imprime l'anathème à tout ce qui porte
le titre de bourgeois; que les ambitions subalternes,
aveuglées par l'exemple de l'impunité, rêvent une République universelle; que, sous le nom de socialisme,
elles veulent enrôler ce qu'elles appellent la grande famille dans les cadres d'une révolte hostile à tous les
genres d'autorités. Ce ridicule effet d'une perversité qui
s'abuse égale au moins la démence du guerrier dont
la gigantesque monarchie est venue se briser contre la
roche de Saint-Hélène.

On ne s'abuse plus sur les antipathies que l'ignorance
oppose à la capacité, ni sur les intentions de ces prétendus philanthropes, aussi dépourvus de bon sens que
de véritable charité. Leurs systèmes, si déplorablement
nuancés, ne séduisent pas ceux qu'un légitime droit investit du bien-être envié par le désœuvrement de la
brutalité. Chacun désire conserver l'aisance qu'il doit à
l'ordre successif ou qu'il tient de son travail personnel.
Aux éventualités philosophiques on oppose les certitudes de l'expérience. On repousse les innovations par la
raison toute simple qu'elles n'offrent aucun caractère
de fixité. Ce qui sourit aux intelligences rationnelles,
excite les sympathies et rassure les esprits, c'est la
possibilité d'un ordre de choses qui, en maintenant les
droits acquis, ouvrirait une chance favorable à l'avenir

industriel, ferait fonctionner l'émulation de celui qui veut acquérir, sans nuire à la sécurité de celui qui possède.

Ce gouvernement désiré de tous et dont personne n'ose formuler l'existence, c'est celui que Platon envisageait comme le plus susceptible d'assurer le repos d'une nation civilisée, c'est, j'ose l'affimer, le gouvernement représentatif, mais avec un chef légitime.

Au mot de légitimité, je vois se rembrunir ces fronts que l'audace émeutière avait surexcités. Un mouvement répulsif se manifeste parmi les hommes anarchistes. Tous se révoltent à l'idée d'une restauration désarmée qui, en rétablissant l'influence dynastique, ferait rétrograder l'hostile avénement des masses.

Etablissons, par un court exposé, les motifs de notre conviction.

Quoi qu'on puisse inférer des négations anti-sociales explicitement formulées par l'esprit de vertige, il n'est pas moins certain que les événements de ce monde ont pour moteur l'être immense dont le regard embrasse tout.

Les doctrinaires de bonne foi conviennent que la morale évangélique imprime à nos actes le sceau de la vertu.

La liberté que Dieu nous laisse irait-elle jusqu'à détruire les certitudes de la tradition?

L'ordre hiérarchique établi parmi les hommes est le fruit des révélations que le ciel daigna léguer à la terre. Il existe, même chez les hordes nomades que les besoins d'une existence commune arrachent aux

2

éventualités de la barbarie , une tendance marquée à l'ordre hiérarchique.

En remontant jusqu'à l'origine des siècles , on voit que le commandement prit naissance avec la paternité; qu'il devint patriarchal , religieux ou monarchique , à mesure que les hommes, dispersés sur le globe , éprouvèrent le besoin d'une protection plus large ; qu'il fut d'abord sans limites , ensuite restreint , plus tard soumis à la censure des lois, mais toujours respecté comme une prérogative empreinte de la sanction divine.

Aujourd'hui que l'amour du désordre a remplacé le besoin du repos ; que la foi de nos pères , autrefois si puissante , expire sous le cauchemar sophistique, on se fait de ce mot, *droit légitime* , une monstruosité; mais la force des choses résiste aux envahissements de l'humaine déraison.

L'homme simple de cœur admet la légitimité partout où la vertu procure un avantage. Au lieu de signaler la propriété comme un vol, il la considère comme une conquête du travail sur le désœuvrement. Quoi de plus légitime, en effet , qu'une fortune acquise au prix de ses sueurs? Est-il un seul être consciencieux qui puisse incriminer de pareilles jouissances?

A l'égard du pouvoir, n'est-il pas justement exercé lorsque, transmis par le vœu du peuple , il a reçu la sanction de l'huile sainte? Un fils qui refuserait d'obéir à son père , un serviteur à son maître , un sujet à son souverain ne seraient-ils pas révoltés contre le Ciel, puisque ces différentes prérogatives émanent de Dieu même, seul régulateur du libre arbitre?

La nature intelligente, écho des perceptions innées,
a-t-elle pu transmettre à la conscience autre chose que
le principe auquel se rattache son existence ? Ou nous
reconnaissons la puissance qui a créé toutes les autres,
ou nous la nions. Dans le premier cas, nous sommes
des inconséquents; dans le second, des insensés.

Ajoutons que l'obéissance, en tant que vertu sociale,
est encore la première des vertus. Je dis plus, elle est
le résultat forcé de toute organisation politique. Admettez la forme de régir qui vous conviendra le mieux,
toujours vous faudra-t-il commander ou obéir. L'épreuve
de tous les siècles nous démontre l'évidence de cette
proposition. La liberté qui n'a point de 'frein ne peut
avoir que l'énergie du crime. Elle est, de sa nature,
odieusement oppressive.

Quoique ennemi de tous les genres de despotisme,
je reconnais l'influence de la légitimité, dont je me
déclare hautement le partisan. Pour justifier cette manière de voir, et sans me préoccuper de la sanction
divine qui seule imprime à la puissance temporelle un
caractère d'inviolabilité, je répéterai que tout pacte social librement consenti confère à celui qui gouverne un
légitime droit; que ce droit, comme le domaine privé,
se transmet, de génération en génération, par l'effet
nécessaire opéré dans l'ordre successif.

L'homme, quelque bien né qu'il soit, peut avoir
ses faiblesses. Les fruits de notre amour sont ou ne
sont pas légitimes, suivant qu'ils viennent d'une épouse
ou d'une concubine. Anéantir cette loi qui prit naissance avec la nature vierge et, plus tard, fut con-

firmée par la civilisation; cette loi d'origine, à laquelle une constante possession prête l'autorité de la chose jugée, est, selon moi, l'abus le plus criant des libertés incomprises. En effet, si l'on accorde au vice les prérogatives de la vertu, la ligne de démarcation entre le bien et le mal cessera d'exister. La morale publique une fois anéantie, les passions de l'homme n'auront plus de frein; la famille perdra son caractère d'inviolabilité. Quel empire pouvez-vous exercer sur des fils qui ne vous doivent que l'opprobre de leur naissance? Quels respects, au contraire, ne devez-vous pas attendre de ceux qui sont appelés, dans l'ordre successif, a recueillir exclusivement les avantages de votre position sociale?

Ce n'est pas que je veuille enlever aux enfants naturels une protection que nécessitent leurs besoins. L'ange qui vint consoler Agar, sans confirmer à son fils une prérogative où se complaisait son orgueil maternel, lui promit néanmoins un bien-être que sa soumission pouvait rendre plus efficace.

On ose nier le principe de la légitimité. Toutefois, si nos biens nous sont ravis, si la force nous impose un joug quelconque, aussitôt que notre volonté peut agir, nous ressaisissons des droits que nous croyons injustement violés. Quelle loi nous autorise à ces représailles? évidemment, celle de la légitimité.

Où la tendresse paternelle, la piété filiale, l'honneur, les dévouements sublimes; où le courage et les autres vertus sociales prennent-ils leur source? dans le sentiment de la légitimité. Rien de ce qui blesse la justice

de cette institution ne saurait inspirer le respect: la
conscience d'un droit acquis peut seule prévenir les
écarts d'un ambitieux orgueil.

Mais, diront les sophistes, le droit légitime suppose
le privilège, et le privilège est exorbitant du droit commun; donc il faut l'anéantir. Je réponds: oui, lorsqu'il
est un envahissement de la force brutale ; non, lorsqu'il
est une concession faite à la vertu.

Le privilège, en lui-même, n'est pas contraire aux
lois de la nature, puisque tous les hommes peuvent
l'obtenir en rendant des services à l'humanité. Que deviendrait l'émulation pour le bien si nulle récompense
n'attendait l'être capable et vertueux? Que ce soit dans
les rangs de l'armée, dans la carrière des sciences ou
sur les bancs de l'administration civile, un dévouement
sublime, une supériorité de courage, un discernement
complet, méritent des distinctions honorifiques auxquelles
tous peuvent aspirer.

La noblesse acquise par de tels moyens doit vivre
autant que l'homme, et se transmettre par le souverain à ses descendants, non comme un héritage qui
les dispense de bien faire, mais comme un préjugé favorable au développement des mêmes vertus.

Prohiber indistinctement les titres, c'est, par une
mesure intempestive, étouffer les germes de l'honneur;
c'est prostituer aux nullités la considération qu'on enlève au mérite.

Osons le dire ici; tous ces hommes nouveaux, qui
rêvent un nivellement général, changeraient bientôt de
système s'il leur était donné d'atteindre à la solide

gloire. Une fois satisfait, leur orgueil turbulent cher-
cherait dans les institutions qu'il sape une sécurité
que leur aberration ne rougit pas d'anéantir.

Il est difficile de persuader lorsque soi-même on n'a
pas foi dans ses doctrines. Un mensonge hardi peut
éblouir l'esprit inattentif, mais il ne soutient pas l'é-
preuve d'un examen sévère. Aux yeux des gens instruits,
les calculs erronnés passent comme un brouillard qu'absorbe un lumineux rayon; mais, sur l'esprit des citoyens
peu lettrés, leurs ravages sont immenses.

Envisageons l'état déplorable où nous a réduits ce
faux raisonnement qui frappe les droits acquis, dési-
gnés par le mot privilège, d'une réprobation universelle.
Inoffensive et toujours écrasée, la propriété ne trouve
dans les métamorphoses du pouvoir qu'une sécurité
d'ilotisme. Effrayé des conséquences de ses innovations,
l'homme d'état recule à l'aspect du prolétaire armé,
dont il redoute et prévoit l'incessante avidité. Toutes
les faveurs, toutes les concessions sont acquises à ceux
qui troublent l'ordre social. On laisse gémir les hommes
pacifiques, tandis qu'on ménage l'audace de la révolte;
d'où je conclus que les mendiants et les malfaiteurs
sont eux-mêmes des privilégiés de la révolution. L'a-
narchie, à le bien prendre, n'est qu'un déplacement
de prérogative, un état de malaise auquel notre existence politique n'emprunte aucune amélioration.

La liberté de la presse, qu'on accuse à juste titre
d'avoir perverti les générations présentes, aurait eu des
résultats meilleurs si au débord des absurdités philosophiques on eût opposé l'influence de bonnes tra-

ditions. Mais loin de se montrer hostile aux innovations dangereuses, on a craint de s'engager dans une
lutte à laquelle des souvenirs récents laissaient peu de
chances favorables. En révolutions, les méchants sont
unis, les honnêtes gens s'isolent; et voilà justement ce
qui perd la société.

Remarquons avec quel acharnement les propagateurs
de l'immoralité poursuivent l'accomplissement de leur
œuvre. Ils ont des clubs, des fonds secrets, des cour-
tiers littéraires à l'affut des capacités inattentives, des
colporteurs chargés de séduire la plébécule. On les
trouve partout. débitant leurs mensonges, excitant les
passions désordonnées et donnant à vil prix, ou même
sans rétribution, les pamphlets qu'élaborent leurs écrivains stipendiés.

S'agit-il d'une doctrine anti-sociale, tous les moyens
de publicité sont mis à la disposition de son auteur.
Que ce soit un livre empreint des vérités traditionnelles,
on le signale comme une rêverie du despotisme ou
comme une réminiscence des siècles fanatisés.

L'homme de génie, arrêté dans son élan, ne trouve
pas un éditeur qui veuille prendre sur lui ce qu'on appelle la chance de débit. Les feuilletonistes, qui sa-
larient les obscénités, dédaignent de parler de lui s'il
refuse de leur payer le tribut arbitré par le monopole.

Ainsi, tandis qu'on souscrit pour toutes les utopies
de la propagande révolutionnaire, on rejette les pros-
pectus entachés de morale ou de religion. Tous les êtres
consciencieux gémissent de la corruption de mœurs à
laquelle nous sommes vendus, mais aucun ne ferait le

sacrifice de quelque monnaie pour se procurer et répandre les créations d'un beau talent.

Je ne me flatte pas d'avoir acquis toute la maturité que procure une longue expérience. Ignoré de mes contemporains, je n'ai jamais pris part aux scandaleux débats de l'esprit de parti. Soldat observateur, j'ai mis toute ma gloire à considérer le champ de bataille où tant d'ambitions se brisaient tour-à-tour. Néanmoins, comptable envers la société du peu d'intelligence que le Ciel m'avait départie, je me suis fait un devoir de proclamer hautement les vérités morales dont la connaissance m'était acquise. Eloigné des emplois qui procurent à l'homme une influence plus marquée, on m'a vu chercher dans le silence de la méditation le moyen d'apporter à l'édifice social le grain de sable que je lui devais.

Aux aberrations de la nouvelle école opposant le goût de l'éloquence sérieuse et digne, en tout temps je me suis montré le même. Ecrivain consciencieux, je n'ai jamais cherché dans le paradoxe un moyen d'anéantir l'opinion reçue : en politique, ainsi qu'en religion, la certitude et l'orthodoxie furent toujours la règle invariable de mes préceptes. Aussi ferme dans mes convictions que soumis à mes devoirs, je me suis prononcé pour les dogmes conservateurs d'où ressortent les principes de la saine morale ; heureux si, dans les créations de mes loisirs, quelques étincelles de génie apparaissent à l'impartialité des générations à venir!

Je m'exprime de la sorte, parce que je sais qu'une réprobation générale, au siècle où nous vivons, paralyse

toutes les œuvres qui ne sont pas ce qu'on appelle
dans le progrès. Le monopole littéraire, en possession
de la célébrité, ne souffre pas la concurrence des capacités qui dédaignent l'aspersion des eaux de son
baptême.

A moins de payer cher le retentissement feuilletoniste, on ne peut, même avec des talents supérieurs,
franchir le cercle obscur où gravitent les capacités oc-
cultes. Une vénalité si honteuse est la conséquence
forcée de l'égoïsme auquel toutes les vanités du siècle
sont en proie. Elle résulte aussi de l'impulsion donnée
à la folie humaine. Excepté la haine des rois, l'amour
de la licence et les blasphêmes de l'impiété, rien ne
flatte l'exclusive curiosité du vulgaire.

Voilà la source intarissable de cette corruption qui
infecte la société moderne, arme les citoyens contre
leurs frères, brise les sceptres vermoulus, et porte
sur l'autel une main témérairement hostile.

Il est une autre cause de perturbation, empruntée
aux antipathies de la classe ignorante. Elle insurge toutes
les couches inférieures de la glèbe. Epris de ces fonctions municipales auxquelles sa rusticité ne peut offrir
que le concours d'une intelligence réfractaire, oublieux
des services rendus, l'habitant du village écrase les
capacités sous le poids d'une réprobation que l'esprit
de désordre exploite à son profit. Le bulletin du ci-
devant serf écarte indistinctement de ses élections tu-
multueuses les candidatures entachées ou de noblesse,
ou simplement de bourgeoisie. Un habit qui n'est pas
le sien répugne au civisme du laboureur. Injuste, mé-

fiant, cet affranchi de la démocratie apporte aux rouages de l'administration l'obstacle bâtonnier qui soudain paralyse. Aussi fier que jaloux, son vieux sens ne comprend la liberté que sous le rapport d'une représaille despotique. Il se drape, vil souverain, sourit aux vociférations démagogiques, et lance le mépris de la sottise à ceux dont les bontés furent longtemps son unique ressource.

Un vertige aussi peu réfléchi rappelle à mon esprit le mot de ce malotru qui, debout sur un château presque entièrement démoli, s'écriait : *Qui l'eût dit, mes amis, que le petit fût monté sur le gros!*

Depuis Satan jusqu'à nos jours, l'orgueil fut la source de tous les genres de révolte.

Arrivons maintenant à l'examen des modernes progrès si souvent ressassés. Qu'ils soient inoffensifs et dirigés vers la vertu, mes sympathies leur sont acquises. Ont-ils pour but l'anéantissement de la morale perçue ou révélée, aussitôt je les répudie. Ennemi des abus, je ne le suis pas des principes. Il faut bien se garder d'étendre la réforme sur tout ce qui porte un caractère de vétusté. Les dogmes religieux à part, nos institutions peuvent se modifier suivant les découvertes que la sagesse humaine emprunte à l'expérience. Une administration, bonne en elle-même, est toujours susceptible de perfectionnement. Sous ce rapport, je conçois l'utilité des innovations. Mais lorsque leur influence, au lieu d'améliorer, détruit, je les considère comme dangereuses.

Une perfectibilité rationnelle est la tendance de toute

marche religieuse; elle est, de sa nature, incontestable; au lieu que les abstractions philosophiques, essentiellement conjecturales, n'ont pour base qu'une possibilité trop souvent démentie.

Avouons toutefois que, sous le rapport des arts mécaniques ou libéraux, sous le point de vue des sciences positives ou expérimentales, on doit aux méditations de l'homme une foule de procédés meilleurs que ceux employés jusqu'alors; mais, en ce qui touche les perceptions de la sagesse, avouons aussi que notre marche est au moins rétrograde.

A travers cette multitude de systèmes nouveaux, je n'en vois pas un seul qui puisse remplacer les notions du bien primitivement adoptées. S'il est utile de nous éclairer sur l'accomplissement de tous nos devoirs, d'imprimer dans nos cœurs les sentiments qui rattachent la créature à son créateur, on doit avouer que tous les moralistes de bonne foi se sont plus ou moins rapprochés de cet objet. Mais, parmi les sages de l'antiquité même, aucun ne s'est mépris sur l'investiture d'une souveraineté dont l'ignorance populaire abusera toujours. La liberté mal comprise a plus d'inconvénients que le despotisme. Un homme instruit, si son âme est dépravée, aura, revêtu des pouvoirs, mille moyens pour opérer le mal, je l'admets; néanmoins, son mauvais naturel se verra comprimé par la crainte du déshonneur; il ne sera pas vertueux, mais il redoutera la flétrissure. Un homme brut, quelles que soient ses inclinations, ne fera pas le bien par la raison toute simple qu'il ne sait point le discerner.

On m'objectera, je le pressens, qu'au moyen d'un enseignement gratuit, les lumières peuvent pénétrer jusque dans les rangs obscurs de la classe ouvrière. En admettant cette possibilité, qui me paraît une chimère, quels fruits la société retirera-t-elle de cette lueur de connaissances inutiles à ceux que leur destinée astreint aux éventualités de la vie laborieuse?

Une instruction qui n'est pas complète a pour effet inévitable ou le dégoût des travaux quotidiens, ou les ambitions d'un orgueil mal avisé. Dans l'un et l'autre cas, l'homme des champs se révoltera contre l'infériorité de sa position. Tourmenté par le désir d'être quelque chose, il désertera le chaume des aïeux pour aller dans les villes augmenter le nombre des oisifs que l'insuffisance du travail industriel assimile trop souvent aux malfaiteurs. Les ateliers s'encombreront, la concurrence aménera la vilité du salaire, et le chômage, encore plus à redouter, fera de ce transfuge un être hostile à tous les genres de supériorité. Peu capable de raisonner ses opinions, il se laissera prévenir contre ce qui paraît un joug à ses passions, une cause à ses misères. En croyant s'affranchir, il donnera dans les excès de la licence, et les aberrations de son esprit le conduiront infailliblement à l'oubli de tous les devoirs sociaux. Prévenu contre les principes religieux dont la connaissance eût suffi pour le diriger vers le bien, il contestera toutes les évidences de la charité. Qu'on lui parle alors d'une souveraineté qui flatte son orgueil ; qu'on fassse retentir à son oreille et le cri de l'émeute et les mots *liberté, égalité, fraternité ;* qu'au pied de l'arbre symbolique, on lui verse une boisson qui l'enivre, incapable de calculer toutes les conséquences de sa démarche, il portera le trouble où régnait la concorde, abattra sous ses pieds le pouvoir établi, lèvera sur l'autel une main sacrilège, et, dans l'enthousiasme d'un succès déplorable, oubliera que son père est peut-être au nombre des victimes de l'anarchie.

Inconcevable erreur! Nous sacrifions le bien-être actuel aux éventualités d'un avenir douteux; nous rêvons un état de choses impossible à réaliser, et, sous le prétexte de réformer leurs abus, nous détruisons l'essence des institutions libérales auxquelles avait souri notre légéreté. Ce fantôme de République, une première fois enseveli sous les débris de la patrie, apparaît de nouveau sur l'horizon politique. A commencer par les têtes couronnées, il menace toutes les sommités sociales, improvise une milice à de nouveaux Spartacus, et lève sur le monde entier ses gigantesques bras que le sang a rougis.

Sans jeter l'ostracisme aux dernières couches de la société, examinons le système du jour avec l'impartialité d'une loyale conviction.

Chez un peuple agricole, enfermé dans les limites d'un territoire borné, dans une communauté peu nombreuse où la simplicité de mœurs est encore en crédit, parmi des hommes laborieux auxquels l'ambition ne peut ravir qu'une indigente liberté, je conçois que la démocratie ait quelques chances de durée: on est facilement d'accord lorsqu'on a peu ou point d'intérêts opposés. Mais dans un grand empire, où tant d'ambitions se froissent tour-à-tour, ce mode de régir ne saurait longtemps subsister.

Qu'est-ce qui porta le coup de mort à la démocratie athénienne? l'introduction de l'or, fruit des victoires de Platée et de Marathon, les progrès de l'esprit humain stimulé par le luxe, le triomphe des arts libéraux, et l'égoïsme, qui avait, comme chez nous, envahi toutes les classes de la société, cet égoïsme qui fait qu'on trouve une fourmilière de Gabélus et pas un seul Tobie. Les mœurs une fois corrompues, impossible d'établir chez un peuple efféminé d'autre gouvernement que celui d'un seul. Du jour où le pouvoir accorda le droit de présence à la plèbe d'Athènes, il n'y eut dans les délibérations de la foule que désordre, confusion ou injustices. Aristide en fut la victime, et, de notre temps, Lamartine en a de nouveau fait l'épreuve.

Rome républicaine, ignorant les délices de la vie opulente, asservit à ses lois tous les peuples de l'Italie. Après la chûte de Carthage, une rivalité funeste étouffa dans les cœurs le sentiment qui l'avait fait vaincre. Enrichie à son tour par les dépouilles opimes que ses généraux déposaient sous les voûtes de son Capitole, on la vit s'alanguir dans les jouissances d'un luxe inouï. Ce premier pas vers la corruption fut suivi d'un élan général qui lui fit préférer l'étude des sciences au repos de la victoire. Avide de succès, elle envia les triomphes olympiques de la Grèce, et, dans cette lutte nouvelle, elle effaça toutes les gloires de l'esprit humain. Ce fut là le terme de ses prospérités moins que de son indépendance. L'amour de la patrie expira sous

le choc des ambitions privées, et cette ville, qu'offus
quait le seul titre de roi, se vit réduite à mendier le
patronage de César.

Après les jours, de honteuse mémoire, où le royal
martyr tendit sa tête à l'échafaud, dans ces moments
de terreurs, de spoliations, de massacres, où la France
indignée appelait de ses vœux le retour du bon ordre,
on vit la démocratie expirer dans les flots de ce sang
où sa fureur s'était plongée ; un despotisme glorieux
fit oublier alors l'usurpation de la victoire, et toutes
les ambitions de coteries allèrent se briser contre la
volonté de fer que formulait une capacité sans exemple.

Heureux si, dans ce règne du génie, une sanction
diplomatique eût pu légitimer les projets d'envahissement
qui furent son écueil ! Enrichi des dépouilles de l'Europe, illustré par les chefs-d'œuvre artistiques, et doté
d'un code admirablement uniforme, il pouvait se faire
que l'Empire eût acquis cette stabilité qui seule est
une garantie au repos à venir. Mais l'hydre, qu'un
Hercule écrasait de son pied, reparut en l'absence du
demi-dieu. Ce monstre, restauré par l'octroi d'une charte,
infecta de nouveau les basses régions, théâtre de ses
turpitudes, et la crédulité vulgaire adopta sans réfléchir
toutes les utopies qu'une première épreuve avait dis-
créditées.

A la fermentation libérale, alimentée par le feu des
passions, la royauté crut devoir opposer l'abus de sa
prérogative. Une lutte fatale, en trois jours terminée,
étouffa dans les cœurs les instincts dynastiques éveillés
par la restauration.

Louis-Philippe, habile à profiter des troubles auxquels son ambition de prince n'était pas étrangère, se laissa couronner sous le titre de *roi des Français*. Dix-huit ans, sa politique louvoyante exorcisa l'ange perturbateur. Mais lui-même, abattu par le parti qu'il avait flatté, dut jeter à l'exil ce diadème acquis par tant d'humiliations.

Depuis ce jour, l'étendard républicain flotte sur l'antique palais, berceau de la monarchie ostracisée; depuis ce jour, l'anarchique démence enlace la victime qu'elle s'apprête à dévorer; mais, plus fort que l'esprit du chaos, le bon sens public résiste à ce rêve de démocratie élaboré par les hommes de sang ou les imaginations déréglées.

Le peuple des campagnes, auquel un malaise général démontre le péril où s'engage son avenir, a conçu l'impossibilité d'une République à laquelle se rattachent tant de souvenirs désastreux. Je dis l'impossibilité, parce que, dans un grand empire où le luxe des idées égale au moins celui de l'opulence, il n'est pas rationnel de fonder une démocratie à l'aide des éléments qui la détruisent.

A quoi bon ces prétendus progrès de l'esprit humain, s'ils ne tendent qu'à nous égarer? Que pourront amener ces doctrines anti-sociales où tous les genres de foi sont mis à l'index? Avons-nous recueilli des libertés de la presse autre chose qu'une corruption de mœurs? Est-il une seule famille artisanne où la lecture des mauvais écrits n'ait détruit l'efficacité des enseignements religieux?

Etrange aveuglement! Des écrivains cupides osent spéculer sur la propagation de leur cynisme; et nous, crédules citoyens, nous que l'Église appela ses fils aînés, nous supportons ces atteintes portées à la morale. Indifférente à l'égard de ce qui n'est pas nouveau, l'opinion se refuse à flétrir le paradoxe envisagé comme progrès.

Athènes, tant vantée, avait son aréopage où les innovations dangereuses étaient énergiquement jugées. Conservateur des cultes établis, ce tribunal proscrivait jusques aux perceptions de la sagesse contemplative. Ainsi, pour avoir enseigné des vérités métaphysiques d'un ordre supérieur et contraires aux superstitions de l'époque, Socrate incriminé se vit contraint à boire la ciguë.

Aujourd'hui que tous les efforts de l'esprit novateur se dirigent contre la religion de nos pères, une censure qui se renfermerait dans les limites d'une juste appréciation ne serait-elle pas le seul moyen d'arrêter ce débord d'immoralités? Toutefois, disons-le, puisque la tendance des générations présentes écarte ce genre de répression, que du moins les hommes consciencieux se fassent un devoir de signaler une licence au plus haut point montée; qu'ils défendent la vérité sans égard aux périls de la lutte, et que, du haut de la tribune où tonne l'éloquence, ils fassent retentir la voix de la raison; que toutes ces utopies, accréditées sous les noms de *socialisme*, de *communisme*, de *colonisation icarienne*, *etc.* soient réduites à leur juste valeur et reléguées au fond des bibliothèques où la poussière de l'oubli ronge les feuillets vermoulus.

3

Qu'on assure l'existence de la classe ouvrière au moyen de la sécurité que ses révoltes détruisent: le meilleur procédé pour prévenir les besoins, c'est de ne pas enfanter les misères.

En vain cherche-t-on à donner une direction bienfaisante aux actes subversifs de l'émancipation. Tandis que la philanthropie erre dans le vague de ses abstractions, la charité chrétienne agit. Laissons-lui sa prérogative acquise au prix detant de. généreux sacrifices. Accordons au passé l'influence que lui valurent ses vertus, et, loin de renverser, que le présent se borne aux systèmes d'amélioration que permet une politique inoffensive.

Au risque de choquer l'amour-propre des hommes érudits que l'Université compte parmi ses professeurs, je dirai que la religion du Christ n'a pas dans les enseignements une part assez large. Au lieu de former des chrétiens, on cherche à faire des savants. Sous le prétexte d'une liberté de conscience à laquelle aucune direction fixe n'est donnée, on livre la jeunesse aux éventualités d'un choix que son inexpérience est loin de pouvoir bien mûrir. Les dehors de catholicisme imposés par les réglements universitaires impriment dans de jeunes cœurs moins de foi que de dégoût pour une religion dont l'évidence, à tout moment contestée, impose aux passions de l'homme un joug qui leur déplaît. Quand le cours des études est enfin achevé, le disciple, affranchi des liens qui le captivaient, donne dans toutes les erreurs qui flattent son orgueil scientifique. L'instinct de sa perversité lui montre dans le paradoxe une arme qu'il suppose invincible, et, de l'indifférence où végétait sa foi, il passe aux hostilités d'une philosophie empreinte d'athéisme.

Ainsi, la société, loin de trouver dans les générations nouvelles une sécurité pour l'avenir, ne recueille de tous ses soins que des fruits devenus chaque jour plus amers.

Arrêtons-nous, mon zèle irait trop loin peut-être. Un mal invétéré se guérit lentement. Laissons aux grands esprits le soin d'élaborer les pustules d'un mauvais sang. Eloigné du théâtre où se passent tant de scènes scandaleuses, où tant d'ambitions viennent se heurter, je borne ma sollicitude à la conservation du feu sacré. Plein de foi dans les effets du repentir, je passe les jours de malheur dans l'attente des jours sereins.

Néanmoins, cher ami, quand la profanation surgit de toutes parts; quand le blasphême surabonde, il faut que la voix du désert ait son retentissement. Les hommes égarés peuvent rouvrir l'oreille aux vérités méconnues. Espérons encore contre toute espérance. Il n'est rien d'impossible aux réminiscences du remords. D'ailleurs, la colère divine a ses phases de repos, et la miséricorde n'est pas épuisée puisqu'elle châtie.

Le caractère français, trop mobile pour se plier longtemps aux sérieuses combinaisons de la démocratie, enfantera toujours les secousses anarchiques dont nous sommes encore les victimes.

Pour sortir de ce labyrinthe, je ne vois que deux issues : le despotisme impérial, ou la royauté constitutionnelle. Qui l'osera choisisse. Quant à moi, je me renferme dans le cercle de mes vieilles sympathies. Si d'honorables convictions l'emportent sur la mienne, je leur serai toujours inoffensif. Quelque joug qu'il plaise à Dieu de m'imposer, je me rappellerai que le devoir d'une individualité chrétienne est de s'y soumettre.

C'est dans ces sentiments que je consacre mes veilles à des œuvres où la saine morale est mise en regard. Combattre pour le triomphe de la vérité, c'est être assuré d'un résultat, puisque, au défaut de la victoire, on peut se promettre la couronne du martyre.

INTRODUCTION.

La Colonne Vendôme.

De notre vieil honneur poursuivant le fantôme,
Un soir, j'avais gravi l'obélisque Vendôme.
Au sommet colossal, forcément déguerpi,
Le cœur plein de regrets, je m'étais assoupi.
Je crus entendre au loin des accents prophétiques
Annonçant le retour des crises politiques,
Et le vieux souvenir de nos prospérités
Fit de mon sein ému jaillir ces vérités :
    L'éclair, au trait de feu, se glissant vers la plage,
Est toujours, quoi qu'on dise, un funeste présage :
Les révolutions, d'où naissent les horreurs,
Ainsi que le tonnerre, ont leurs avant-coureurs.

Ces longs enchaînements des causes qui détruisent
Apparaissent à l'homme et rarement l'instruisent.
Aussitôt qu'un nuage obscurcit l'horizon,
Toute sa prévoyance échappe à sa raison.
Il ne voit pas le doigt qui, du haut de la voûte,
Indique au voyageur les dangers de la route,
Et qui, lorsqu'il lui plaît, confondant notre orgueil,
Sous le vent imprévu nous pousse vers l'écueil.

L'être dont le regard embrasse tous les mondes,
Qui fait jaillir les eaux de leurs sources profondes,
A qui rien n'est caché, voit dans l'ombre des cœurs
Les germes corrompus d'où naissent nos erreurs.
De l'humaine nature il pressent l'arrogance,
Et parfois l'abandonne à son extravagance.
Il fait mouvoir alors ces rouages secrets
Dont l'étonnant concours accomplit ses décrets.
Les rois précipités se brisent dans l'ornière,
Et le peuple à son tour foule aux pieds leur poussière.
Il ressaisit des droits qui, toujours contestés,
Engendrent des excès justement détestés.

Oh! que ces résultats, ces grandes catastrophes,
Offrent d'enseignements aux chrétiens philosophes!
Avec quel heureux tact appréciant les cas,
Ils jugent le néant des choses d'ici-bas!
Que leur vaste coup d'œil aperçoit de misères
Au sein de ces grandeurs, séduisantes chimères,
Et dont l'ambition, quel que soit son effort,
Doit venir échouer sur le seuil de la mort!...

Mais, sous un autre aspect, qu'il est de petitesse
En ces raisonnements qu'on appelle sagesse!

Avec quelle pitié notre œil religieux
Contemple le pygmée incriminant les cieux,
Cherchant dans le chaos de ses fausses doctrines
Un moyen d'expliquer le monde et ses ruines !
Il le voit, tout bouffi de ses subtilités,
Soumettre l'évidence à des fatalités,
S'enferrer dans les plis du filet sacrilège,
Et par là devenir l'artisan de son piège.
Insensé qui s'arrête à ses propres calculs !
En l'absence d'un Dieu tous principes sont nuls.
Lui seul dans cette nue, à la terre attachée,
Enferme les effets dont la cause est cachée,
Frappe ces coups tonnants dont l'homme est le témoin,
Et dont le contre-coup va retentir si loin.

Ne t'abuse donc pas, mortel dont la victoire
A pour quelques moments flatté la vaine gloire !
Après avoir puni le fidèle égaré,
Dieu s'appaise parfois et tout est réparé.
Celui dont l'arrogance insultait à son frère,
Aveuglé, comme lui, peut embrasser la terre :
Il ne faut bien souvent que la prospérité
Pour amener sur nous les jours d'adversité.

Hélas ! il m'en souvient ; j'étais bien jeune encore,
Et ma faible raison touchait à son aurore.
Un vertige funeste égara mon pays.
Par leurs destins usés nos rois furent trahis.
Je les vis se courber sous la hache perfide,
Et leur sang inonda l'échafaud régicide.
Alors, comme un essaim emporté dans les airs,
Les grands furent chassés de leurs palais déserts.

Tout l'enfer à la fois se rua sur la France,
Et le crime vainqueur opprima l'innocence.

En vain on s'agitait pour opérer le bien,
Au moment de lé faire on manquait de moyen.
Toute main pacifique, à l'instant desséchée,
Tombait comme la fleur à sa tige arrachée.
Ainsi que le prophête autrefois l'annonça,
Le courroux du Seigneur comme un vent s'abaissa.
Les insignes des rois, ceux du saint patriarche,
Enlevés tour-à-tour et lancés loin de l'arche,
Encombrèrent le sol de la triste Sion.
Coupable envers le monde et la religion,
Le peuple favori, d'une main frénétique,
Effaça les leçons de la morale antique,
Au livre de Moïse enleva ses feuillets,
Et d'un règne de sang colporta les pamphlets.
Tout ce qui fut sacré disparut de la terre.
On ne vit que ruine, on ne rêva que guerre.
Après avoir détruit, on n'édifia rien.
L'avenir dépouillé fut privé de son bien.
La chûte des tombeaux signala cette année,
Et l'enfance elle-même, ainsi qu'eux profanée,
Au sein de l'ignorance usa tous ses ressorts.....

Rois anglais, rois germains, que faisiez-vous alors?
Au lieu de mettre un terme à ce brûlant orage,
Heureux, vous convoitiez le salique héritage;
Ambitieux et vains, vous prépariez des fers
A ce peuple égaré qu'admirait l'univers.
Par le glaive et le feu menaçant nos provinces,
On vous voyait sourire à l'opprobre des princes,

Insulter au malheur dont ils étaient frappés,
Et ronger les débris à la mort échappés.
Mais Dieu qui châtiait pressentit l'injustice;
Il vit l'iniquité sous l'ombre du service,
Et loin d'abandonner l'aveugle serviteur,
Déchaîna contre vous le vent de sa fureur.

Tandis que dans le sein du foyer domestique
On brisait les ressorts de l'œuvre politique,
Etrangers aux débats qui troublent le forum,
Nos guerriers, sur le Rhin, visaient le *Te Deum :*
Au fond de leur pensée une voix généreuse
Appelait au repos la France malheureuse.
A l'amour du pays ces braves gens livrés,
Des préceptes du jour n'étaient point enivrés,
L'honneur, le seul honneur animait leur courage ;
Ils repoussaient le glaive instrument d'esclavage,
Et, de ces rangs obscurs arrachés aux travaux,
Dieu soudain fit surgir un peuple de héros.

C'est alors que, brisés par l'effort des tempêtes,
Abaissant sous le joug leurs orgueilleuses têtes,
On vit les potentats ligués contre nos lois,
Rentrer, petits sujets, dans le néant des rois.
Aux genoux du César qui rompait leurs colonnes
Ils vinrent humblement déposer leurs couronnes,
Et tour à tour vaincus, subirent les affronts
Que leur déloyauté réservait à nos fronts.

Oh! qu'alors il brillait ce monarque superbe,
Enfoui maintenant et disparu sous l'herbe !
A quel faît de gloire il était parvenu !
Maître de l'univers, s'il se fût mieux connu,

Vainqueur des nations, arbitre de l'Europe ;
Il eût réalisé les jeux de l'horoscope.
A présent que , soustrait à la terre d'exil,
Du haut de sa colonne il pompe l'air subtil ,
Au sein de cette brise où notre gloire expire,
Entend-il les échos d'un honneur qui soupire ?

Hélas ! qu'ils sont changés les destins glorieux
Qu'amena de si loin son bras victorieux !
Refoulés sur le sol des modernes prodiges ,
Insultés par l'Europe et flétris dans leurs tiges,
Aujourd'hui ces lauriers dont nous fûmes si vains ,
Ainsi que nos trésors , échappent de nos mains....

Tel est le résultat des vengeances célestes :
Après un long triomphe et des revers funestes,
Accablé de dégoûts, le Français dégradé,
Loin d'avoir fait un pas , aura rétrogradé.

D'où vient donc ce malheur? De l'oubli des principes.
En poursuivant le beau, nous détruisons ses types,
Et loin de remonter à la source du vrai,
Dans les illusions nous cherchons un étai.
Fier des sophismes vains dont il se préoccupe ,
Notre esprit égaré de lui-même est la dupe....

Ah! sans plus discuter sur ce qu'on n'entend pas ,
Détournons nos regards des préjugés d'en bas ;
Rentrons dans le sentier de la foi de nos pères ,
Et surtout évitons les intestines guerres ;
Unis par les liens d'un mutuel amour ,
Immolons l'égoïsme aux intérêts du jour ;
N'ayons qu'un élément , qu'un principe de vie ,
Et que l'âme au vrai Dieu soit toujours asservie....

Alors reparaîtra ce calme regretté
Qu'en vain jusqu'à ce jour nous avons souhaité.
Tout ce qui vient du crime est détruit par le crime :
Il n'est de bien réel que le bien légitime.

PREMIÈRE POLÉMIQUE.

A la Jeune France.

*Igitur verâ statim et incorruptâ eloquentiâ
imbuebantur.* (TACITE.)

C'est ainsi qu'ils étaient de suite imprégnés de
la véritable et incorruptible éloquence.

Héritiers d'un pur sang, vous dont la noble ardeur
Fera pâlir un jour la moderne tiédeur,
Et qui, dès le berceau voués à l'éloquence,
N'avez point du progrès subi la conséquence,
Ecoutez les avis d'un classique vieillard.
Quand l'astre radieux a percé le brouillard,
La tige, sur le tronc dès la veille greffée
Et dans ses filaments par la sève échauffée,
Rend aux jeunes boutons languissants et captifs
Tous les sucs nourriciers de leur père adoptif.
De même par l'étude un esprit, faible encore,
Acquiert ce beau talent qu'annonçait son aurore.
Au giron de famille avec soin élevé,
D'une fausse doctrine il sera préservé.

Tout ce qui porte à l'âme une atteinte mortelle
Est chassé loin de nous par l'active tutelle.
Un sang vierge, un cœur pur, de nobles sentiments,
Sont des premiers succès les premiers éléments.
L'homme ainsi préparé fera dans les écoles
Admirer le bon sens de ses moindres paroles.
Initié plus tard à de hautes vertus,
Il verra ses rivaux sous ses pieds abattus.

Pères, s'il vous souvient de vos nobles ancêtres,
A ces fils bien-aimés choisissez de bons maîtres:
Un pédant, qui se rit des soins religieux,
Ne leur apprendra pas à révérer les cieux.
La morale chrétienne, autrefois si puissante,
Arrive jusqu'à nous pure mais languissante.
Au fort de la terreur, victime de nos lois,
Elle fut un prétexte à la chute des rois.
De nos déceptions vertueuse compagne,
Elle sut adoucir jusqu'aux horreurs du bagne.
Après les mauvais jours, son dilemme plus vif
Repoussa les assauts d'un sarcasme incisif.
L'impiété, battue et non pas corrigée,
En système oppresseur ne fut plus érigée.
On revint au bon séns. Le triple consulat
De Rome fulminante adoucit le prélat.
Tout ne fut pas réglé ; mais du moins notre église,
Ouverte désormais, survécut à la crise.

On vit la France alors sortir d'un long sommeil.
Les hommes du progrès, témoins de ce réveil,
Avec un soin nouveau propageant le sophisme,
Apposèrent partout le sceau du scepticisme.

Ils sentaient que le dogme une fois rétabli,
Ceux qui l'avaient nié rentreraient dans l'oubli.
Corrupteur du présent, l'esprit de félonie
A l'avenir germé légua son vieux génie.
En rouvrant notre école, on parut peu jaloux
D'exciter la ferveur déjà si loin de nous.
Le neveu du gaulois, façonné pour les guerres,
Eut toutes les vertus hors la foi de ses pères,
Et ce mépris du ciel, devenu général,
Fut par nous baptisé sentiment libéral.

Après un demi siècle, en vain notre patrie
Appelle à son secours la jeunesse flétrie;
Un cupide calcul, des bals ou des brelans,
De l'amour du pays remplacent les élans.
Plus tard, si ce vertige est vainqueur des obstacles,
On verra le grand peuple, après tant de miracles,
Au rang des nullités s'alanguir circonscrit.

Pour former des Français, formez donc leur esprit;
Que la jeune science, empreinte de morale,
Au culte révélé ne soit jamais fatale.
Evitez les sentiers nouvellement battus:
Qui ne croit pas en Dieu ne croit pas aux vertus.

Ce n'est pas que je veuille, injuste en mes critiques,
Entraver le progrès des libertés publiques:
Un peuple émancipé se prête rarement
A ce qui contredit son nouvel errement.
Toutefois, en dehors d'une foule insensée,
On peut sur ce chapitre exprimer sa pensée.
Un libre enseignement surveillé par la foi,
Lui seul prépare l'homme au respect de la loi.

C'est là, me dira-t-on, prêcher le cagotisme.
Eh! Messieurs, pas d'injure; on peut sans despotisme
Exiger d'un sujet, d'ailleurs homme de bien,
Qu'il rende son élève et capable et chrétien.
Que ce soit un laïque ou toute autre personne,
On est garant, je crois, des principes qu'on donne.
Avide de nouveau, l'écolier, trop souvent,
Quoique bien surveillé, se montre peu fervent.
Si par l'esprit du jour sa tête est exaltée,
Faudra-t-il pour cela n'en faire qu'un athée?
    Un culte, quel qu'il soit, me répond l'apostat,
Jouit du libre arbitre octroyé par l'État.
Pourquoi donc, sur ce point, gêner la conscience?
Un rhéteur orthodoxe a-t-il plus de science?
En altérant le fait, on juge mal le droit.
Je ne suis pas si fou que le monde me croit.
Bien que peu satisfait de la guerre civile,
Aux pouvoirs consentis je fus toujours docile,
Et, de nos libertés sincère partisan,
Ne me montrai ni vil, ni lâche courtisan.
Qu'on serve le vrai Dieu, qu'on en choisisse un autre,
On ne me verra pas imiter cet apôtre
Imbu de propagande en révolution,
Qui ne peut dans le dogme en souffrir l'action.
Puisque la loi le veut, priez à votre guise:
Sous quelque vain dehors qu'un culte se déguise,
Il n'en sera pas moins un frein pour le méchant;
Mais, qui ne croit à rien suit toujours son penchant.
Toute ma rhétorique en deux mots se résume:
Etouffez l'athéisme et la foi se rallume.

O vous que la piscine autrefois a purgés ,
Roseaux contre le cèdre un moment insurgés ,
Si vous êtes imbus des vœux de votre enfance ,
Au bienfait signalé ne rendez pas l'offense !
En vain l'esprit d'orgueil s'acharne contre vous ,
Dieu, si vous le servez, saura parer ses coups.

Donnez donc à l'étude , ainsi qu'à votre culte ,
Un loisir qui, sans fruit, se perd dans le tumulte.
Au lieu de vous coiffer des systèmes nouveaux ,
Intéressez l'Eglise à vos heureux travaux.

De nos bons errements la pieuse sagesse
Amortira chez vous le feu de la jeunesse.
Apte à juger le bien, votre cœur plus subtil
Saura du faux dilemme éviter le péril.

Méditez avant tout les effets et les causes :
On ne conteste pas sans être sûr des choses.
Il faut à l'orateur cet aplomb mesuré ,
Par un travail ardu longuement procuré.

Sous l'espoir du triomphe entrés dans la carrière ,
Après avoir couru, n'allez pas en arrière.
Pour être, s'il le faut, sérieux ou plaisant ,
Apprenez du passé ce qu'on doit au présent.
Cultivez la science : enrichir sa mémoire
Est le plus sûr moyen d'arriver à la gloire.

Il est vrai que parfois le talent naturel
Imprime à la pensée un éclat immortel.
La liberté surtout, lorsqu'elle est bien réglée,
Au manque de savoir par des élans supplée.
Animé d'un beau feu, souvent un orateur
De l'art de bien parler atteindra la hauteur.

4

L'éloquence grandit sous les fortes ondées,
Et les beaux sentiments font les belles idées.

Evitez toutefois de les porter trop haut :
L'excès, dans le bien même, est réputé défaut.
Le progrès trop hâté sert mal l'indépendance,
Et souvent, peu compris, dégénère en licence.

En quelles mains qu'un jour le pouvoir soit remis,
Si vous êtes chrétiens, demeurez-lui soumis.
Dieu, qui nous interdit le culte de l'idole,
Exige qu'à César on paie son obole.

Autrefois, chez les Grecs, surtout chez les Romains,
L'esprit de faction égara les humains.
Marius et Sylla, Marc-Antoine et Pompée,
En lui sacrifiant souillèrent leur épée.
Chez Jules, dictateur, le poignard de Brutus
Fit plutôt regretter que haïr les vertus.

Ainsi le grand courage, alors qu'il se déprave,
Au lieu de le briser, rive l'anneau d'esclave.
En vain Rome avilie enfanta Cicéron,
Rome n'en fut pas moins victime de Néron.
Plus tard, parmi les Goths, les Germains et nos pères,
On vit le résultat des intestines guerres.
L'Helvétie opprimée eut ses Guillaume Tell,
Paris ses Robespierre, et Londres ses Cromwel.
Du choc des passions naquit la tyrannie,
Et des malheurs publics la torpeur du génie.

On a vu, j'en conviens, des hommes de talent
Dompter par la parole un peuple turbulent.
Mirabeau dans Paris, O'Connel en Irlande,
Ont fait d'un vif éclat briller leur propagande.

Ainsi qu'eux, de nos jours, un sublime penseur
Du pouvoir dévié se pose le censeur.
Puisse ce noble zèle, élément de tempête,
Aux laves du volcan ne pas livrer sa tête !
Hélas ! comme le bruit d'un fugitif concert,
La popularité retentit, mais se perd....
Le coursier qui du frein ne sent plus la puissance
Est rarement docile à la main qui le lance.
Un rêveur qui choisit les masses pour appui
Soulève des rochers qui retombent sur lui.
Respecter le pouvoir dans la main souveraine
Est l'unique secret pour alléger sa chaîne.
En vain l'agitateur, s'arrachant au repos,
Croit pouvoir envahir la palme du héros ;
Tout chef de révoltés pâlira dans l'histoire,
Ou, comme Spartacus, rougira de sa gloire.
Aux rostres, sans profit, le tribun se morfond,
Quand la forme, à son gré, l'emporte sur le fond :
Lever le bouclier contre la monarchie
Est toujours, quoi qu'on dise, un pas vers l'anarchie.

Et pourquoi, direz-vous, captiver ce beau feu
Que l'amour du pays autrefois mit en jeu?
Si de nos libertés nul ne se préoccupe,
Un peuple tout entier doit-il en être dupe?

A l'indiscret appel j'oppose les motifs
Qu'une trop longue épreuve a rendus décisifs.
Chez des hommes blasés, l'effet de la parole
Est de mettre·à l'index l'orateur qui s'immole.
Isolé dans un camp, général sans soldats,
Que lui procureraient d'inutiles combats?

Victime du pouvoir, s'il osait lui déplaire,
Il le serait plus tard du leurre populaire.
Alors que la morale inspire le mépris,
Qu'un sordide égoïsme envahit les esprits,
L'effet des beaux élans meurt sous la turpitude,
Et l'art découragé perd le fruit de l'étude.

Attachez - vous sans cesse à graver dans vos cœurs
Le respect des vertus, source des bonnes mœurs.
Plaisanter sur le droit, sur le dogme ou ses rites,
Emporter la raison loin des bornes prescrites,
Ou par le ridicule écraser notre foi,
C'est faire d'un bel art un très-hideux emploi.
L'éloquence, réduite à de telles ressources,
Ainsi que le torrent, voit se tarir ses sources.
Ecourtée, avilie et sans facilité,
N'ayant que les dehors de la virilité,
Couverte de haillons, de guenilles civiques,
Elle porte au forum le cachet des boutiques.

Avant de vous livrer aux polémiques jeux,
Méditez à loisir nos orateurs fameux.
Des antiques débats l'exacte connaissance
Aux modernes succès ouvre seule une chance.

Un moment, dira-t-on; privé de tout décor,
Le métal Indien n'en est pas moins de l'or.
On peut, de la science effleurant la surface,
Aux ressources de l'art suppléer par l'audace.

Oui, l'homme de génie, eût-il peu de savoir,
Une fois échauffé, saura nous émouvoir.
La fleur simple a son prix, mais la belle nature
Emprunte son éclat de la bonne culture.

Aux beautés du discours d'avance initié,
L'élève plus instruit sera plus délié.
De même que le fer se polit sous la lime,
Un esprit cultivé comprend mieux le sublime.
Armé de toute pièce, un généreux soldat,
Loin de le redouter, appelle le combat.
Des préceptes moraux tout homme qui s'inspire,
A l'aide de cette arme, est sûr de son empire.
On l'écoute, et de l'œil mesurant sa hauteur,
Le public éclairé le proclame orateur.

En vain par le sophisme on cause la surprise,
Un homme sans principe a sur nous peu de prise.
A des banalités réduisant le discours,
Nous montrant un fanal qui recule toujours,
Mesquin dans ses élans, peu maître de sa plume,
Au jargon scholastique empruntant son écume,
Il n'atteindra jamais la hauteur de son art.

S'il veut se distinguer par un mérite à part,
L'orateur d'avenir choisira ses modèles:
Avant de s'élancer, l'aigle éprouve ses ailes,
Explore les forêts, plane sur les hauts lieux,
Et, plus sûr de son vol, s'élève jusqu'aux cieux.
De même le talent, sous une main habile,
Arrive, quoique jeune, à la force virile.
Une grande habitude, un jugement exquis,
Bientôt, par ce moyen, lui demeurent acquis.
Bouillant d'un noble zèle, actif, plein d'assurance,
Il monte à la tribune et passe l'espérance.

A l'aide de l'étude, on peut viser à tout;
Mais l'exemple d'autrui forme seul notre goût.

Disciple de Platon, l'orateur démocrate
Assistait quelquefois aux leçons de Socrate.
Enrichi des trésors par tous deux prodigués,
Ses sens de ce fardeau n'étaient point fatigués.
Cicéron, comme lui, dédaignant le sophiste,
Après mûr examen, se fit académiste ;
Admirateur zélé des vertus de Caton,
Il riait d'un rhéteur comme d'un avorton.

L'école d'impudence, autrefois dédaignée,
Aujourd'hui de son vice est encore imprégnée.
Enfants à des enfants mêlés dans les débats,
Nos dandys parfumés se livrent des combats.
Fourvoyés dans leurs rangs, le jeune homme modeste,
Ainsi que l'étourdi, sur tous les points conteste.
Il sort de ce bazar souillé des vieux cachets
Que l'esprit novateur imprime à ses hochets ;
Poussé par leur exemple, il flétrit la morale,
A nos traditions fait une part égale,
Et, pour se distinguer, rivalise avec eux
De sarcasme, d'audace et de propos honteux.

Qu'ont produit, en effet, les doctrines nouvelles ?
Un pauvre sens commun, de riches bagatelles :
Infecté dans sa source, un limpide ruisseau
Ne porte que la mort aux brebis du hameau.
Chaque fois qu'en sa fleur il flétrit la morale,
Au rang des vils métiers le talent se ravale.
Alors, plus d'éloquence : un cercle vicieux
Ne saurait enfermer rien de juste à nos yeux.
Le cœur toujours fait l'homme : une âme corrompue
Ne rend que les poisons dont elle s'est repue.

On dit que tout vieillit ; qu'il faut régénérer ;
Que sur de nouveaux plans nous devons opérer.
Nos gothiques aïeux , d'immortelle mémoire,
Ont toujours mal compris la véritable gloire.
Au lieu de graviter dans leurs cercles étroits,
Nous avons ressaisi d'imprescriptibles droits.
Depuis ce grand effort, tout a changé de face,
Ainsi le vieil honneur cède à la jeune audace.
En dépit de la paix, nos rois, jadis si chers ,
Seront assassinés ou jetés dans les fers.
Pour la septième fois, nous changerons d'enseignes ,
Et, comme il l'eut déjà, le crime aura son règne.

Oui , Messieurs du progrès , je dois trancher le mot
Trahir ses sentiments est le propre d'un sot ;
De votre amour du bien la flatteuse apparence
A son point de départ ramènerait la France.
Un ours emmuselé fait patte de velours ;
Mais , libre de sa chaîne, il dévore toujours.

Examiné de près , ce siècle de lumière
A donc, au lieu d'un saut , fait un pas en arrière ;
Il a perverti l'homme. A présent, la vertu
N'est plus qu'un préjugé trivial, rebattu.
Jusques dans le langage on porte la réforme.
Ainsi que notre orgueil, l'art prend une autre forme.
On parle dans Paris voluptueusement ;
Par un effet contraire, on danse éloquemment.
Le mot ambitieux se substitue aux choses,
Et l'ignorant sourit à ces métamorphoses.

On va plus loin encore. Afin de tout purger ,
Contre la terre entière on veut nous insurger.

Des héros dont les faits revivent dans l'histoire
On flétrit le génie, on ravale la gloire;
Il suffit que leurs fronts aient été couronnés
Pour qu'à notre critique ils soient abandonnés.
César, Trajan, Titus, ces bienfaiteurs de Rome,
Etaient des oppresseurs indignes du nom d'homme.
Au contraire, Néron, Claude, Caligula,
Monstres que présageaient Marius et Sylla,
Du sang de la noblesse ivres comme Tibère,
Avaient compris l'effet du règne populaire.

Après eux, Louis-le-Grand, si prôné parmi nous,
Fut un prince orgueilleux, un monarque jaloux.
Louis onze, soutenu de son Tristan-l'Ermite,
En frappant les grands fiefs, eut seul quelque mérite.
Indignement versé, le sang du roi marthyr
Ne lui vaudra pas même un tardif repentir.
Les Marat, les Danton, ces âmes abruties,
Ainsi que leurs pareils, ont seuls nos sympathies.
Entachés de leur rouille et comme eux sans remords,
Nous voulons à tout prix acquérir des trésors.
Qu'importe le moyen, pourvu qu'on s'enrichisse!
Avoir beaucoup d'argent, c'est n'avoir point de vice.
Un parvenu qui brille a pour nous mille appas.
N'est-on que vertueux, on prend sur nous le pas.
Vainement, pour calmer cet ardeur frénétique,
On a fait du château fléchir la politique,
Un pouvoir tempéré n'est pas moins un pouvoir.
Ce qui fit notre orgueil fait notre désespoir,
Et pour ragaillardir le moderne malaise,
C'est trop peu d'une charte: on veut quatre-vingt-treize.

Ah! s'il nous faut revoir ces scènes de plus près,
Que Dieu, dans sa bonté, nous garde du progrès !
  Je n'ai pas, dans mon zèle, épuisé la matière :
Il faut en polémique une franchise entière.
Après avoir prouvé que des bons sentiments
Dépend l'heureux succès des bons enseignements,
Montrons que, sans la règle, un orateur - poète
Est toujours au-dessous des grands sujets qu'il traite.
  En effet, notre esprit, à lui-même livré,
D'une gloire éphémère en secret enivré,
Pareil à l'étalon qu'aucun frein ne captive,
Est souvent égaré par son humeur rétive.
Une allure tranchante, un luxe de grands mots,
Hideux néologisme emprunté des argots,
Sous une période éclatante, heurtée,
Emportent le discours hors de notre portée.
Afin de l'émouvoir, on déchire le cœur ;
Les plus petits sujets sont des scènes d'horreur.
On dirait que la France, en tout temps si polie,
Aux monstruosités par instinct se rallie,
Ou que les flots de sang, autrefois répandus,
Ne furent qu'un prélude à ceux qui lui sont dus.
De sa haine des rois toujours préoccupée,
Elle voit d'un œil sec leur tragique épopée,
Et, soufflant la discorde aux autres nations,
Appelle de ses vœux les révolutions.
  De là ce vain amas de vieilles controverses,
Assaisonné partout de maximes perverses,
Où l'œil observateur ne saurait découvrir
Les vestiges d'un art que Rome vit fleurir.

Au lieu de s'attacher au dilemme oratoire,
On transforme en romans les causes du prétoire.
Après de vains efforts, las de dogmatiser,
On borne l'éloquence à tout poétiser.
Qu'un discours soit brillant, le public en rafole ;
Est-il sage, nerveux : il sent la vieille école.
A l'aide de ce mot qui paralyse tout,
Le plus sublime esprit n'inspire que dégoût.
    Si je passe au théâtre, où même abus domine,
A peine y souffre-t-on la langue de Racine.
Il faut, pour acheter la faveur des oisifs,
Non de beaux sentiments ou des vers incisifs,
Mais des banalités, de ces scènes vulgaires
Où les rois-citoyens, dévêtus, populaires,
A force d'être vils nous paraissent hideux :
Voilà comme le drame est devenu fameux.
    Disons-le, pour flétrir leur noble caractère,
On impose l'opprobre aux maîtres de la terre.
A les rendre odieux notre esprit acharné
Fait du plus beau génie un démon incarné.
Ses défauts, qui sont ceux de la nature humaine,
Ainsi que ses vertus, n'inspirent que la haine.
Au théâtre, où l'injure excite les bravos,
La muse en vils jongleurs travestit nos héros,
Fouille dans les secrets de leur vie amoureuse,
Et fait d'une faiblesse une peinture affreuse.
Affamé de scandale, injuste, prévenu,
Le public dans ses torts veut être entretenu.
Denis jeune, à Corinthe, en butte à la canaille,
Eut un sort plus heureux que nos rois à Versaille.

Abattu , mais du moins libre dans ses ébats ,
Sous le fer démagogue il ne succomba pas.

   O toi que sur son trône éleva Melpomène !
En vain tu soupiras les douleurs de Chimène ;
En vain sous ton pinceau brillèrent ces vertus
Que l'exemple d'Horace imposait à Brutus.
Dégoûtés du sublime , aujourd'hui nos adeptes
En fades jeux de mots traduisent les préceptes ;
Il faut se torturer pour comprendre leurs vers.
Dans les conceptions de ces esprits pervers,
Comme les trois couleurs envahissant le Louvre ,
Un sens démocratique est le seul qu'on découvre.
Au delà du vrai ton ces rimeurs emportés
Ne tirent de leurs luths que des sons avortés.

   Plus dégoûtants encor , nos romanciers d'élite
Impriment à nos mœurs le sceau cosmopolite ;
En leurs sâles tableaux, l'orgueil populacier
Grandit les petits airs de son goût besacier.
Des clubistes défunts adoptant les stigmates ,
Ils rouvrent aux renards leurs vieilles casemates,
Et, sapant à plaisir l'édifice moral ,
Arment les vagabonds du poignard libéral.

   C'est peu de ce vertige. Au burin de l'histoire
On appose le sceau des farces de la foire.
Afin de propager les germes factieux ,
Des anciens niveleurs on fait des demi-dieux.
Leur sang régénéré, comme par un baptême ,
Est purgé désormais de son vieil anathème.
O déplorable abus ! les jours de la terreur,
Justifiés partout, n'inspirent plus d'horreur.

La France, à se venger par ses princes réduite,
A tenu autrefois une sage conduite.
Abattre les palais, profaner les autels,
Sont des actes permis à de libres mortels,
Et, ces deux questions une fois décidées,
Rien n'est mal dans le sens des nouvelles idées.

Allons plus loin encore ; examinons de près
Cette presse où revit la crasse du progrès.
Sous les obcénités d'un voile pacifique,
On ouvre la carrière au feu démocratique.
Affublé des lambeaux que Rome ensanglanta,
Le vieux jacobinisme échappe au Podesta.
Son opposition, qui n'a plus de limite,
Affiche une impudeur que le vulgaire imite ;
Et, poussant aux excès notre brûlant cerveau,
Pour tout régénérer, veut tout mettre au niveau.

On dit que le ministre, en sa marche trop libre,
Entre les trois pouvoirs a rompu l'équilibre.
On se plaint que la Charte, un moment vérité,
Sur l'aristocratie a peu d'autorité ;
Que l'esprit corrupteur hautement se propage,
Et que nos libertés n'ont plus d'aréopage.

Admettons un instant que tout ceci soit vrai.
Devons-nous des horreurs faire un nouvel essai ?
Le vœu parlementaire est-il sans influence ?
En tout temps, la couleur domina la nuance.
Ouvrez un ferme avis, mais ne vous jetez pas
Dans le gouffre anarchique entr'ouvert sous nos pas.

Je le répéterai ; ces ferments de discorde
Annoncent le torrent qui de nouveau déborde.

Afin de tout séduire et de tout renverser,
D'une vaine utopie on ose nous bercer ;
Mais, lorsque sous la chaîne il cherche à nous étreindre,
Un tigre philosophe est-il donc moins à craindre?
Ouvrons, il en est temps, nos yeux cent fois déçus:
Les périls qu'on chérit sont les moins aperçus.

Vous, jeunes lauréats, dont les mœurs positives
Ont encor le cachet des vertus primitives,
Appelés à courir la chance des beaux-arts,
Des orateurs du siècle évitez les écarts.
L'émancipation, rêve des chattemites,
Ainsi que le progrès, doit avoir ses limites.
A force de chercher un bonheur idéal,
Ne rentrez pas, comme eux, dans l'ornière du mal.
Sous ombre d'arriver à des règles exquises,
On compromet toujours les libertés acquises.
En se prémunissant contre de tels excès,
Votre cœur, plus chrétien, deviendra plus français.

Atteignons, s'il se peut, le but de cet ouvrage.
Un navire battu demande un bon ancrage,
Et l'homme, balotté par l'esprit novateur,
A besoin d'amortir le feu dévorateur.
Voulez-vous triompher. des nouvelles marottes,
Ainsi qu'aux vils forçats, donnez-leur des menottes.
A la vulgarité, dira-t-on, j'ai recours ;
Oui, mais en pareil cas, elle est de bon secours.
Quoi qu'en disent Paris et l'école moderne,
A force de briller, la lampe devient terne.
On tire peu de fruits des tours ambitieux :
Le langage incompris ne convient qu'à des Dieux.

L'intelligence humaine, incomplète, avortée,
Aime les ornements qui sont à sa portée.
Un luxe de grands mots dépare la raison,
Et le plus beau nuage obscurcit l'horizon.
  Je sais que des Hugo la brillante hérésie
Ouvre sa nouvelle ère à notre poésie;
De ses manteaux de reine, autrefois cousus d'or,
La prose envahissante épuise le trésor.
Plus d'amour des bons vers : la muse désolée,
Ainsi que notre gloire, a repris sa volée.
Où s'arrêtera-t-elle?... Après tant de mépris,
Daignera-t-elle encor visiter nos lambris?
N'en doutons pas. L'éclair, sillonné dans la nue,
A d'un nouveau triomphe annoncé la venue.
Il se réveillera notre goût endormi :
Plus on s'est reposé, plus on est affermi.
Soit donc que votre zèle au forum vous entraîne,
Soit que vous préfériez les jeux de Melpomène,
Aux préceptes admis soumettez-vous toujours :
La règle donne l'âme et la vie au discours.
De nos trois unités la force restrictive,
En bornant l'action, la rend plus instructive.
Une juste mesure, un plan bien médité,
Des mœurs, des sentiments l'exacte vérité,
De la morale enfin les beautés mieux senties,
Sont des brillants succès les sûres garanties.
  En vain, nouvel Icare, un auteur emplumé
Veut s'asseoir au foyer pour les dieux allumé,
Son aile audacieuse, atteinte par la foudre,
Ira des vanités grossir le tas de poudre.

Heureux, cent fois heureux, si sa faible raison
N'eût point d'un sot orgueil savouré le poison !
   Faut-il, me direz-vous, qu'une lutte oppressive
Arrête de l'esprit la marche progressive ?
Au joug qu'il secoua désormais rattaché,
D'un servile respect sera-t-il entaché ?
Que peuvent sur nos goûts ces maximes vieillies,
En de classiques vers sottement recueillies ?
Imbus des libertés dont nous sommes épris,
Nous voulons des élans comme nous incompris.
O sublime idéal ! ton gâteau somnifère
Au chevet de la vierge endort le vieux Cerbère.
Il se réveille enfin, conjure Belphégor ;
Mais le sylphe amoureux a déjà pris l'essor :
Voilà la poésie. A la morale antique
Elle a substitué le jargon romantique.
On ne la comprend plus, néanmoins elle plaît.
Demandez le motif, peu de monde le sait.
Toutefois, dans l'esprit des personnes sensées,
Un ton d'afféterie, un vide de pensées,
Un fard de courtisane, un luxe de chiffons,
De fades jeux de mots, dignes de nos bouffons,
Tout l'appareil enfin de nos feux d'artifice,
Eblouissants dehors qui nous cachent le vice,
Ont pour but d'étouffer sous de vains ornements
Ce qui nous reste encore de nobles sentiments.
   Pour venir à ses fins, le républicanisme
A besoin de changer notre vieil organisme.
Il faut, dans le calcul des prétendus Français,
Que tout ce qui fut bon soit reconnu mauvais.

Nos gothiques vertus, sous leur décrépitude,
Au goût des novateurs, sentent la servitude.
Un homme pacifique est un homme suspect ;
La témérité seule inspire le respect.
A-t-on de la pudeur conservé l'apparence ,
Aux yeux des fous titrés, on est la vieille France.

    Hélas ! trop vite au but je me vois entraîné ;
Arrêtons-nous. Bientôt l'ours sera déchaîné ;
Je l'entends qui rugit ; sa dent néologique
En lambeaux palpitants réduira ma logique :
Alors que le vertige envahit les états ,
Que sont les vérités pour qui ne les sent pas?

    Je n'ajoute qu'un mot. Pour saper la morale,
On prête à son école une allure inégale ;
On soutient que Socrate , Aristote , Platon,
Dans la route du bien ne marchaient qu'à tâton ;
Qu'en se broyant du noir , le pleureux Héraclite
Avec juste raison fit rire Démocrite ;
Enfin qu'avec le dogme on recule souvent,
Tandis que le progrès va toujours en avant.

    De ces points concédés que pouvez-vous conclure ?
Une fois dans la flamme en sort-on sans brûlure ?
Oui, ces brillants esprits, à vingt siècles de nous,
Quoique mieux inspirés , faillirent comme vous.
Mais, s'ils n'ont pas toujours suivi la même route ,
Irons-nous pour cela nous jeter dans leur doute?

    Il est au haut des cieux un fanal éclairé
Dont l'éclat immortel n'est jamais arriéré :
C'est la religion. De l'humaine sagesse
Elle seule réduit l'orgueilleuse faiblesse.

Une fois pénétré de ses divins rayons,
Peu sensible à l'attrait des folles visions,
L'esprit, libre d'erreurs, fort de sa rectitude,
En sa marche rapide est sans incertitude.
Eloquent, châtié, plein de nerf et de goût,
Sans abuser de rien, il sait user de tout.
Augustin, Bossuet, Massillon, Bourdaloue,
Tant d'autres orateurs que notre église avoue,
Avaient-ils moins de verve ou de sublimes traits
Que tous ces charlatans vomis par le progrès?
Soigneux de propager leurs utiles réformes,
Ils eurent un langage et des mœurs uniformes.
On ne les vit jamais, fléau des souverains,
Contre l'ordre établi soulever les humains.
Leur doctrine, en ce sens, était peu libérale.
Au dogme révélé conformant la morale,
Ils savaient que, chez l'homme éclairé par la foi,
La famille a son chef et le peuple son roi.
    Merci de vos conseils, dira-t-on; ce langage
Est un vieux ramassis de gothique servage ;
Il pourrait, quelque jour, valoir à son auteur
Les dédains qu'on réserve à l'esprit radoteur.
    Quand le philosophisme envahit un empire,
On doit prévoir le but où son orgueil aspire,
Et, loin de s'énerver dans un lâche repos,
Savoir de sa raison se servir à propos.
Qui reste spectateur d'une lutte pareille,
Endormi dans la paix, dans la honte s'éveille.
Un fleuve débordé couvre de ses débris
Et le chaume du pauvre et le riche lambris.

5

Tout homme inoffensif enhardit qui le brave,
Et, vertueux sans fruit, tôt ou tard est esclave ;
Enfin, dès que le crime a troublé l'univers,
La peur des gens de bien rend plus forts les pervers.
Qu'importe que le siècle aujourd'hui nous dédaigne !
Un règne de démence amène un autre règne,
Et l'homme, vain jouet des folles lunaisons,
Peut retomber du faîte aux petites-maisons.

    J'en ai trop dit peut-être ; hâtons-nous de conclure :
Un coursier qui vieillit ne change pas d'allure,
Il faut l'abandonner à son feu presque éteint ;
Mais le jeune étalon, du même vice atteint,
Peut, sous l'effet du mors, fournir mieux la carrière.
Ouvrez une autre chance au bon goût qui s'arrière,
Et, dans un avenir fécondé par le temps,
Jetez de nos vertus les germes palpitants.
Rien n'est perdu, je crois ; la jeunesse nubile
Aux bons enseignements peut se montrer docile ;
Une fois éclairés, ses pas irrésolus
Dans les sentiers obscurs ne s'égareront plus.

    Pour vous, jeunes Français, dont les ames candides,
En fait de nouveautés, se montrent moins avides,
Eloignez de vos cœurs ces goûts ultramondains,
Voués, dans l'avenir, à de justes dédains.
Quelque brillant qu'il soit, l'esprit sans la méthode
Est le colifichet qui passe avec la mode.
Un talent véritable écartera toujours
Ces tons efféminés qu'empruntent nos discours.
L'éloquence moderne, un moment égarée,
A jamais du bon sens ne s'est pas séparée.

Osez, par votre exemple, exciter ses remords ;
Le ciel couronnera vos généreux efforts.

Si mon zèle est compris ; si ma faible parole
Obtient de l'homme vierge un souris bénévole,
Heureux de cet élan, que je crois un devoir,
Je sentirai mon cœur se rouvrir à l'espoir.

DEUXIÈME POLÉMIQUE.

Voyage Dramatique.

*Sublatis studiorum pretiis etiam studia
peritura.*   (TACITE.

Enlever au talent sa récompense, c'est ruiner
le talent lui-même.

Et la scène Française est en proie à Pradon.
BOILEAU.

Des rives de l'Arconce aux rives de la Seine
Attiré par l'espoir d'enrichir Melpomène,
Humble comme un lévite abordant son curé,
Mais pourvu d'un peu d'or chèrement procuré,
Je montai la vapeur et vins dans la grand'ville.
A qui veut dépenser l'abord en est facile ;
Et, sans m'appesantir, je dirai bonnement
Que je venais chercher du retentissement.
Dix volumes au moins, fruits de mes longues veilles,
Aux yeux des indulgents qualifiés merveilles,
Avaient porté si loin le bruit de mes travaux,
Que je m'imaginais vaincre tous mes rivaux.

Les hautes régions, pour les esprits capables,
Ont des aspérités souvent inabordables.
Au théâtre surtout, Corneille et son rival
Avec nos Roscius sympathiseraient mal.
Voltaire, Crébillon, tant d'autres qu'on renomme,
Immortels zélateurs de la Grèce et de Rome,
Auraient dans leur oubli plus longtemps sommeillé
Si le goût chez Rachel ne se fût éveillé.
Tous les biens sont acquis à la nouvelle école,
Et l'art déshonoré n'est plus qu'un monopole.

A quoi tend ce discours? Je m'explique. Un beau soir,
J'avais du vieux théâtre arpenté le couloir ;
Sûr d'être repoussé, je tentais l'aventure.
On daigna me promettre une prompte lecture,
Et touché de l'accueil fait à mes manuscrits,
Je les remis aux mains qui les avaient inscrits.

Le comité Français n'est pas ce que l'on pense.
Inhabile à juger, fier dans son indigence,
Il n'a pas même à soi le sentiment du beau.
Quoique très-désireux d'obtenir du nouveau,
N'osant de ses croupiers secouer la tutelle,
Aigle, dans son essor ne battant que d'une aile,
Un drame fût-il bon, jamais ne le séduit.

Deux grands mois écoulés, je me voyais réduit
A répéter souvent ces ennuyeuses courses,
Des auteurs sans renom, décevantes ressources.
A quoi sert le travail? Chaque jour j'éprouvais
Ou de nouveaux dédains, ou de nouveaux délais.
Vous n'êtes point connu, disait-on; patience,
Et plus tard, si l'on peut, vous aurez audience.

Etonné du propos, je crus, dans ces retards,
Devoir des bons esprits provoquer les regards.
Ma muse, qu'animait une fièvre de gloire,
Aux élus du Parnasse ouvrit son répertoire.
On loua trop mes vers. Par un soudain accord,
Ceux que je consultais se mirent de mon bord.
Son talent, disait l'un, paraît fort remarquable;
Il a le sel attique, une verve admirable.
Observez, disait l'autre, avec quel heureux tact
Il a des mauvais sons évité le contact.
Un troisième, à son tour, relevant mes écoles,
Faisait à mon oreille entendre ces paroles :
Vos vers ont la douceur, le rythme harmonieux,
Les élans mesurés qui charmaient nos aïeux ;
Vous ressentez du ciel l'influence secrète, (BOILEAU.)
Et votre astre, en naissant, vous a formé poète;
On n'en saurait douter; cependant, croyez-moi,
Le public de nos jours vend plus cher son émoi.
Nourri dans les débats, vieilli dans l'anarchie,
Insultant le pouvoir, niant la hiérarchie,
Il lui faut un grand drame et des émotions,
Des meurtres palpitants, des révolutions.
Fouillez dans les horreurs des annales antiques ;
Exhumez les poignards des monstres druidiques ;
Au fond des bois sacrés cherchant des assassins,
Faites sous le couteau pâlir les souverains:
C'est là qu'est l'intérêt. Plus le drame est horrible
Et plus on est ému: le beau c'est le terrible.
A l'aspect de ces rois que la vengeance atteint,
Notre plaisir s'éveille et la pitié s'éteint.

Ce qui tend à flétrir leur majesté royale
A pour nous un attrait que nul autre n'égale ,
Et nous nous consolons de leur être soumis
Par le cruel bonheur de les voir sans amis.

Gardez-vous bien surtout d'étaler sur la scène
Un sentiment d'honneur contraire à cette haine.
Etouffez les élans que l'on nomme vertus ,
Préjugés parmi nous trop longtemps rebattus.
Le progrès n'admet point de grandeur légitime ;
Il faut que sous le glaive elle tombe victime ,
Ou que tout noble front , s'il n'est frappé de mort,
Aille au moins dans l'exil satisfaire au plus fort.

Nous faisons peu de cas des héros de la Grèce ;
On hait plus les Tarquins qu'on n'aima les Lucrèce ,
Et Brutte à la cabale eût succombé cent fois,
S'il n'eût fait un appel à la haine des rois :
Telle est de notre esprit la pente libérale.
Aujourd'hui le public est repu de morale.
Un cothurne sanglant, des fronts humiliés ,
Des rêves de partis hautement publiés,
Des chants républicains , des conflits , des émeutes,
Ou de vieux forestiers se glissant loin des meutes,
Et le mousquet en main cherchant un cœur royal ,
Qui soit un point de mire à leur plomb déloyal :
Voilà ce qui sourit au goût de notre époque.
Excepté les horreurs, tout nous blesse ou nous choque;
Et pour parler sans fard , le plus sublime écrit ,
S'il n'est dans le progrès, manque toujours d'esprit.

Ne croyez pas non plus que l'action tragique
Emprunte aux unités son triomphe magique.

Autrefois le génie était soumis à l'art,
Mais qui veut nous charmer doit le mettre à l'écart.
Quel plaisir de pouvoir, au gré de son envie,
Enchasser dans un plan tout le cours d'une vie !
Enfant au premier acte, on est homme au second,
Mûr au bout du troisième et noir au lieu de blond :
Plus c'est prodigieux, plus grande est la surprise ;
Le quatrième atteint, c'est l'homme à tête grise ;
Et l'ouvrage achevé, par un charme imprévu,
L'œil découvre un vieillard dans l'enfant qu'il a vu. (Pierre-le-Rouge.)
N'est-ce pas là du drame étendre les limites,
Et dans un seul tableau grouper tous les mérites ?
Ajoutez à cela qu'il faut dans les romans
Puiser le type vrai de nos vrais sentiments.
Que sont pour l'esprit fort ces preux du moyen-âge
Auxquels un double amour inspirait le courage,
Qui priaient à l'autel, et sortis du saint lieu,
Combattaient vaillamment pour leur dame et leur Dieu ?
Soumis au joug usé d'un pieux fanatisme,
Ont-ils jamais compris le moderne civisme ?
Etouffez donc le bruit de leurs faits surannés ;
Nous déplorons les jours où des fils leur sont nés.
   Voulez-vous émouvoir nos dandys et nos belles ?
Initiez la terre aux doctrines nouvelles ;
On a vu trop longtemps la sagesse en crédit :
Sur ce chapitre usé désormais tout est dit.
Prouvez-nous que Néron, assassin de sa mère,
Etait un empereur libéral, débonnaire ;
Enlevez à César le faisceau de vertus
Que n'a pu lui ravir le poignard de Brutus.

Niez ce qu'on affirme, affirmez ce qu'on nie ;
Et vous donnant les airs d'un homme de génie,
Aux yeux de vos lecteurs affectez d'être obscur :
Incompris du public, votre triomphe est sûr.
    Maintenant, si je passe aux plans de vos ouvrages,
Ils sont, je l'avouerai, bien conçus et fort sages.
On voit que l'action est conduite à son point.
Vos héros, dans leurs mœurs ne se démentent point.
Des caractères vrais, soutenus, énergiques,
Au point de vue ancien font jaillir vos repliques.
Un dialogue vif, des vers prompts et serrés,
Font du raisonnement saisir tous les degrés.
Vous exprimez au mieux les vérités morales,
Et vos alexandrins ont des chutes égales ;
Une noble harmonie en est le résultat.
Mais en suivant Racine en vain on se débat ;
Ce style d'autrefois ne charme plus l'oreille :
La méthode pâlit du moment qu'elle est vieille.
Astreignez donc la verve aux brusques incidents ;
Brisez par des cahots, par des vers redondants,
Ces lentes oraisons, ces longues périodes
Où l'effort du rhéteur épuise tous les modes :
On peut être élégant sans être harmonieux.
Les vers durs, saccadés, à nos drames vont mieux ;
Ce qu'on perd en douceur, on le retrouve en force,
Et le mât goudronné se rit de son écorce.
    Enfin, si vous voulez que je vous dise tout,
La facture du vers n'est plus de notre goût.
Cette éloquence mâle et quelquefois contrainte,
OEuvre d'un long travail, en conserve l'empreinte.

A moins d'être un Lavigne, on ne peut aujourd'hui
Faire des mots rimés disparaître l'ennui.
Ponsard eut un succès, mais sa belle méthode
A peine quelques jours fit rebrousser la mode.
Un style romanesque, un prosaïque élan,
Des lambeaux décousus, sans intérêt ni plan,
Quelques pompeux décors, des claques ou des brigues,
Enfin le cirque ouvert à toutes les intrigues,
Un sophisme hardi sans respect et sans frein :
Voilà ce qui séduit l'esprit contemporain.

Vainement quelques voix, échos du vrai génie,
Ont par de nobles chants flétri cette manie ;
A peine on les écoute, et parmi ces Boileau,
Barthélemy lui-même use à tort son pinceau.

Quelles ambitions ne seraient retenues
Après qu'un Lamartine, élevé jusqu'aux nues,
A, dit-on, peu sensible aux vœux de l'univers,
Exprimé le regret d'avoir fait de beaux vers?

Pardonnez, dis-je alors! né dans la solitude,
Instruit dans l'art d'écrire au moyen de l'étude,
Ou plutôt éclairé par l'instinct de mon cœur,
Cet instinct dont le charme est rarement trompeur,
A part moi je pensais que l'idéal sublime
Eclatait d'autant plus comprimé par la rime.
Epris des beaux succès obtenus jusqu'à nous,
J'étudiais Boileau sans en être jaloux.
Le classique lui seul avait mes sympathies,
Et Racine, Corneille, étaient mes garanties.
Entraîné sur leurs pas, je faisais mes efforts
Pour comprendre l'effet de leurs divins accords.

Je pensais que le drame , écho de la faiblesse ,
Empruntait son éclat de l'humaine sagesse.
A peine initié dans les secrets de l'art,
Je ne me faisais pas une méthode à part.
La morale , toujours à l'œil développée ,
Agrandissait pour moi le champ de l'épopée.
Intrépide lutteur, fou , mais homme de bien ,
Je croyais en rimant devoir être chrétien.
Dans ce noir labyrinthe où l'orgueil les entraîne ,
Au grands humiliés j'épargnais toute haine ;
Etonné des leçons qu'ils reçoivent des cieux,
Je ne m'appliquais pas à les rendre odieux.
Faire couler des pleurs , mais des pleurs légitimes ,
Etait l'unique but de mes pensers intimes ;
Et certain qu'ici-bas l'homme naît imparfait,
Je ne le peignais point plus atroce qu'il n'est.

C'est là précisément , reprit mon Aristarque ,
Un défaut qu'aujourd'hui le parterre remarque ;
Emules des Romains que nous parodions ,
Las de nos rois , comme eux nous les répudions.
Les vieux emportements de ces âmes si belles
Ont servi de prétexte à nos longues querelles ;
Orgueilleux dans le luxe, amollis par les arts ,
Nous voulons des Brutus ennemis des Césars ; ·
Mais cette liberté que proclament nos braves
Est moins un cri d'honneur qu'un murmure d'esclaves.
Autre temps , autres faits ; ce qui fut mal est bien ;
Ce qui fut bien aussi ne mène plus à rien.
L'esprit public, chez nous , a fait un pas immense,
Et la France du jour n'est plus la même France.

On le conçoit, lui dis-je, et de tristes effets
N'ont que trop démontré l'essor de nos progrès.
Toutefois, s'il vous faut découvrir ma pensée,
Une plume hardie est-elle plus sensée?
Alors que la science a pour but d'égarer,
Ne devons-nous pas tendre à nous en séparer?
Qui veut se faire auteur pour vivre dans l'histoire,
En se prostituant, doit-il souiller sa gloire?
Un siècle chasse l'autre, et le style admiré
Passe comme l'erreur qui l'avait inspiré.
Tout peuple qui se livre à l'attrait du sophisme,
Au terme de sa course arrive au scepticisme.
Un écrivain alors, s'il veut être relu,
Doit sur l'avenir seul jeter son dévolu.
Le présent ne m'est rien; debout sur des ruines,
Il voit croître le fruit de ses fausses doctrines,
Et ce fruit, renversé comme fut le géant,
Ira d'un vain orgueil altérer le néant.

Vous raisonnez fort bien; mais des leçons pareilles,
Ajouta mon censeur, charment peu nos oreilles.
A l'église on les souffre, au théâtre on en rit:
D'un tout autre aliment le siècle se nourrit.
Pour ne vous sceller rien, malgré votre élégance,
A vous faire jouer vous avez peu de chance:
On imprime aujourd'hui tant d'écrits ennuyeux!
Vos vers rendus publics peuvent réussir mieux.
Ayez pour les vanter des feuilletons à gages:
Nul ne peut sans argent obtenir des suffrages.
Ainsi nous sommes faits; le talent sans prôneurs,
Rarement par lui-même arrive à des honneurs.

Je suis surpris, lui dis-je : un succès qu'on achète,
Au lieu de l'honorer, doit flétrir le poète.
Eclairé cependant, je cours droit aux *Français*
Revendiquer le bien que je leur destinais.
J'ai mangé mille francs sans avoir bonne chère,
Et je retourne vivre où vécut feu mon père.
Vous, que j'estimais trop pour m'avoir trop coûté,
Vous, que nos Roscius n'ont pas même écouté,
Après ce froid accueil reçu de Melpomène,
Allez donc, ô mes vers, vous jeter à la Seine!

  Vivez, pauvres enfants! vivez, quoique forclos!
Balbutie un limier de Monseigneur Buloz.
Je me retourne alors et vois avec surprise
Un homme qui, du doigt flattant sa barbe grise,
Ajoute : venez-vous des bouts de l'univers
Pour faire à si bas prix le procès à vos vers?
Sachez qu'au vrai talent, s'il a de l'or en bourse,
Il reste dans la presse une immense ressource.
A juger vos moyens par ces dehors cossus,
Vous feriez, au besoin, sonner quelques écus.
Laissez donc le théâtre, et puisqu'il vous dédaigne,
Attendez qu'un journal prépare votre règne.
Au moyen d'un éloge élaboré par vous,
L'écho des feuilletons vous fera des jaloux.
Parmi les manuscrits dont la scène s'encombre,
Un sur cent, tout au plus, parvient à percer l'ombre.
Encore est-il séant que Messieurs nos auteurs
Veuillent bien l'imposer à Messieurs nos acteurs.
Celui qu'on a choisi pour souverain arbitre,
Occupé du nom seul et jugeant sur le titre,

A l'égard du génie est froidement zélé.

Quel est donc, dis-je alors, cet oracle voilé?
C'est là notre secret, poursuit le secrétaire ;
A moins d'être connu des romains du parterre,
On ne peut arriver au comité Français.
Si vous voulez plus tard obtenir un succès,
Faites-vous des amis chez les croupiers d'élite :
Il faut être des leurs pour avoir du mérite.

Ainsi, dis-je à mon tour, le moyen de briller
C'est d'avoir un patron qui m'ose apostiller.
Que me coûtera-t-il? Je ne puis vous le dire,
Ajoute le barbon. S'il a daigné vous lire
Et que votre talent mérite son appui,
Vos vers seront prônés comme venant de lui.

Grand merci! Puissiez-vous, pour prix de cette phrase,
Obtenir, beau causeur, un barbier qui vous rase !

TROISIÈME POLÉMIQUE.

Epitre aux Héros de juillet 1830.

Verba mea arguuntur: adeò factorum inno-
cens sum. Quò magis socordiam eorum irridere
libet, qui præsenti potentiâ credunt extingui
posse etiam sequentis ævi memoriam. Nam
contrà punitis ingeniis gliscit auctoritas.
(TACITE.)

Mes paroles sont inculpées, tant est grande
l'innocence de mes actions. Certes il est permis
de rire de la folie de ceux qui pensent, par
leur pouvoir d'un jour, ordonner l'oubli à leurs
descendants. La pensée, au contraire, lorsqu'on
la proscrit, grandit en puissance.

Héros, que baptisa le démon des Trois Jours,
Flâneurs, dont Lafayette embaucha les amours,
Qu'allez-vous recueillir à semer le désordre ?
Un fruit chamaré d'or que vous ne pourrez mordre.
Arrêtez. L'hécatombe où gît le drapeau blanc,
Convoite le sang noir qui bout dans votre flanc.
Vous croyez échapper au joug du vieux servage,
Et vous n'aurez, badauds, qu'un nouvel esclavage.
Arrêtez.... Mais en vain j'élève ici la voix,
La centrale cité ne veut plus de ses rois.

C'en est fait, la pudeur est partout immolée,
Et la Charte s'éteint doublement violée.
Après les vains efforts d'un pouvoir mal servi,
L'orgueil de la révolte est enfin assouvi;
L'héritier de Louis, rejeté de la France,
A subi les effets de sa folle exigence.

Entraîné sur ses pas, que vas-tu devenir,
Noble enfant, qu'en sa fleur contemplait l'avenir;
Sur qui des jours heureux se fonda la pensée,
Et qui n'eut point de part dans cette œuvre insensée?
Iras-tu mendier un asile et de l'or,
Et des lieux qu'un Louvel peut violer encor?
Non, le Dieu qui pardonne et soutient la faiblesse,
Au fort de la tourmente, aidera ta jeunesse;
Il touchera le cœur de ce peuple si vain,
Et le sceptre purgé restera dans ta main.

Déjà sur le vieux sol à ses rois redoutable
A retenti l'écho d'une voix lamentable.
On se lasse du meurtre, et deux ordres assis
Méditent sur le sort qu'on réserve à nos lys.
Que décideront-ils? La crise violente,
Un instant comprimée, est encore flagrante.
On discute. Un français nomme le juste roi,
Mais l'exemple donné jette partout l'effroi.
Philippe-Égalité reparaît sur la terre,
Et le fils obtiendra ce que briguait le père.

Ainsi, dans leurs congrès, nos fiers législateurs
N'auront su couronner que des usurpateurs.
Napoléon le fut, son copiste va l'être.
O honte! Arrêtons-nous. Le pur sang n'est pas traître;

Il le refusera, cet injuste pouvoir.
Vaines prévisions! trop chimérique espoir!
Ainsi que l'anarchie, on craint une régence;
Un apparant civisme en impose à la France.
On veut un cœur romain. Soyons de bonne foi;
S'il était ce qu'on dit, voudrait-il être roi?
Mais, que sert d'éclairer qui chérit ses ténèbres?
A travers les douleurs et les convois funèbres,
On proclame partout la Charte-vérité :
Tout est dit, l'innocent sera deshérité.....
   Retombe dans l'oubli, pacte saint, loi Salique,
En des siècles d'honneur, antidote anarchique.
Il est un Dieu puissant qui te foule à ses pieds,
Et nos torts envers lui ne sont pas expiés.
Il veut qu'un long exil, épreuve du courage,
Au Louvre humilié rende un prince plus sage.
Ainsi, pâles d'effroi, les fils de Salomon
Virent Jéroboam envahir leur maison.
Plus tard, leurs descendants, privés de la couronne,
Allèrent sur leurs torts gémir dans Babylone ;
Et, les temps révolus, un rejeton des rois,
Joachim, jeune encor, fut remis dans ses droits.
   Fils aîné de l'Église, embrasse le cilice,
Et lègue à tes neveux le jour de la justice.
Impuissant désormais et partout repoussé,
Ton glaive despotique est un glaive émoussé.
Bientôt ta noble tête, inutilement fière,
Ira de tes aïeux rejoindre la poussière.
Au foyer de l'exil, puisses-tu retrouver
Le bonheur qu'ici-bas nul ne doit éprouver.

Tremblez, à votre tour, patelins démagogues,
Attrapeurs de souris, qui vous liez aux dogues!
Après avoir du feu retiré les marrons,
Vous crisperez en vain ces ongles fanfarons.
Déçus dans vos efforts, dépouillés de vos armes,
On vous verra réduits à de jalouses larmes.
Une dent plus adroite à vos yeux brisera
Le fruit de vos larcins qu'elle vous ravira.
Lorsque, la bête prise, on jette la curée,
L'amitié des finauds n'a jamais de durée.
En style plus précis, la foi des coups de mains
Est un appât qu'on lance aux vulgaires humains.
Dans son ambition tout homme qui s'abaisse,
Au jour de son succès, rit des fous qu'il délaisse.
   Et qu'on ne dise pas : « Vous parlez au hasard. »
Ce qu'on n'ose d'abord, on l'osera plus tard ;
Vos limiers qu'on ménage, écartés de la chasse,
Iront lécher au loin leur vieille et rouge crasse.
On vous verra, comme eux, plier sous le bâton
Cet orgueil aboyeur qui donnait le faux ton.
L'émeute vainement vous ouvrira la chance ;
Une fois dépouillé de sa toute puissance,
Un peuple qui murmure ou qui fait le mutin,
Pour le brochet vieilli n'est plus que du frétin.
   Je passe aux grands effets. Si dans les temps probables
Un esprit d'union vous rendait redoutables,
Pour vous emmuseler, on rêvera des pairs
Qui, sous l'hérédité, vous forgeront des fers ;
L'élection, restreinte au taux d'oligarchie,
Ouvrira le champ libre à votre monarchie ;

Un cens que pourront seuls atteindre les grands biens
Laissera dans l'oubli vos humbles citoyens ;
La fraction légale, usant du privilège,
Isolera la masse hors la loi du collége ;
En ses conseils privés, fléaux des corps élus,
Le pouvoir se rira de vos cris superflus ;
Des forts, construits exprès, cerneront vos murailles,
Et l'étendard levé, vomiront les mitrailles.
A l'aide du progrès, tout change parmi nous :
Ce sont les mérinos qui font trembler les loups.

    Mais, reprenons le fil des présages sinistres :
On ouvrira pour vous de flétrissants registres,
Où vos noms, consignés sur de poudreux verses,
Feront des jours de sang distinguer les héros.

    Vous allez m'objecter la royale parole,
Aux gens de bas état fallacieux symbole.
Un mot de vérité vous fera concevoir
A quoi peut aboutir ce leurre du pouvoir.
L'égalité de droits, tant promise à vos veilles,
Et dont le bruit lointain fait dresser vos oreilles,
A-t-elle au seul mérite ouvert le champ d'honneur ?
Qui donne les emplois, si ce n'est la faveur ?
Parmi tous les oisifs de vos trottoirs d'asphalte,
Est-ce l'homme de bien que le pouvoir exalte ?
Un père de famille en vain produit ses fils ;
S'il vota librement, qu'il les garde au logis :
Pour être quelque chose, il faut être docile.
Un rat qui mord l'épi n'est rien au rat de ville,
Et pourvu que la tête aille toujours croissant,
Qu'importe que le corps se traîne languissant ?

Ouvrez , sots , vos grands yeux ; parcourez les annales ,
Et vous n'y trouverez que des chances égales.
Ou tribuns , ou Césars ; tous se ressembleront ;
Une fois au pouvoir tous en abuseront.
Tel fut toujours l'effet des intestines guerres :
En changeant de servage , on change de misères.
Après avoir subi le pinçon mérité ,
Vous conviendrez plus tard de cette vérité.
Vous saurez qu'au marais il faut pour la grenouille ,
Au lieu d'une solive , un bec qui la dépouille.

   A d'autres , dira-t-on ! l'exemple est mal choisi.
Le mot du Phrygien n'est point un vain lazzi.
Vos délégués muets ou vendus à leurs princes ,
En votant les impôts , sécheront vos provinces ;
Ils en mettront partout, sur vos chars, sur vos biens,
Sur ces bons animaux, nocturnes gardiens.
« J'étais serf , direz-vous ; je suis contribuable. »
Et qu'importe le mot , si le tribut m'accable ?
Une fois sous le joug, debout, agenouillé ,
Celui qu'on dévalise est-il moins dépouillé ?
Que ce soit par le cens , que ce soit par la dîme ,
Un peuple qu'on écrase en est-il moins victime ?
Aux rêves du progrès donnant peu de crédit,
Je vois ce qui se passe et non ce qui se dit.
Vos libertés d'un jour fuiront inaperçues,
Et vos ambitions seront toutes déçues.

   Ainsi désapointés, vous irez au dehors
Vanter ce vieil honneur flétri par vos discords.
Que répondra la terre ? « Une alliance occulte
» Imprime à vos vaisseaux le cachet de l'insulte.

» En bombardant l'Egypte, un commodore anglais
» Livre au mépris des cours l'orgueil du nom français.
» Le nouveau Jugurtha se rit de vos menaces,
» Et, refoulé sans cesse, est toujours sur vos traces.
» Vers les confins du nord, le Polonais déçu
» Tourne les yeux sur vous et tombe inaperçu.
» Ceux chez qui vous semiez vos germes de révolte
» Ont fait d'un fruit amer la pénible récolte.
» Un ministère faible, et que l'on croyait fort,
» Au grand peuple deux fois a fait faire le mort.
» Votre glaive inactif dans la honte se rouille;
» Un trio couronné de vos droits vous dépouille,
» Et vous parlez d'honneur, vous, dont le sang gaulois
» N'a plus d'autre fleuron que sa haine des rois !
» L'homme des échafauds, le sabreur en délire,
» A-t-il droit au respect des humains qu'il déchire?»
    Ainsi retentira cette voix du mépris,
De vos derniers excès inévitable prix.

    Je vais plus loin encor. L'orgueil de vos doctrines
A jeté dans vos champs de profondes racines.
Le serf déféodé, de vos talents jaloux,
Ainsi qu'un cauchemar, dominera sur vous.
La loi municipale, épreuve du délire,
Fera des magistrats qui ne sauront pas lire.
Heureux pauvres d'esprit, que voulez-vous de mieux?
Souverains ici-bas, vous régnerez aux cieux.

    Oui, dira le progrès, mais la vieille roture
Aime à s'enorgueillir d'un pouvoir en peinture ;
En blessant le bourgeois plus rapproché de lui,
Ce monstre laisse en paix qui lui prête un appui.

Je réponds : Le jouet de votre populace
Est l'appât que l'on jette à la bête vorace
Elle s'en divertit. Mais gare cependant,
Gare au vieux châtelain, s'il tombe sous sa dent!
J'ai pu sonder à fond de pareilles matières :
Un jour faux ne produit que de fausses lumières ;
Et le joug le plus dur n'est pas celui des rois,
Mais celui qu'on assume en abusant des lois.
L'arbitraire en tout temps fut un chancre mystique:
Il détruit le bienfait par la main qui l'applique ;
Et de quelque façon qu'il nous soit avenu,
Le droit n'en est plus un, dès qu'il est méconnu.

Je sais que vos prêcheurs, nourris dans l'argutie,
Improvisent un règne à leur démocratie ;
Et que, sous le filet d'un captieux discours,
Leur ours emmuselé fait patte de velours.
Unité, disent-ils, c'est la pente chrétienne.
Est-ce à nous, vieux renards, qu'on chante cette antienne?
A nous qui, dépouillés par les mêmes ressorts,
Au prix de notre queue avons sauvé le corps?
Un chrétien, si tant est que votre œil en découvre,
Au lieu de jalouser les puissances du Louvre,
A chacun ici-bas laissant son attribut,
Rend à Dieu ses honneurs, à César son tribut.
Je dis plus. Aujourd'hui, l'orgueil de la couronne
Use tout simplement des armes qu'on lui donne ;
Et s'il marche sans crainte au pouvoir absolu,
C'est vous, hommes d'état, vous qui l'aurez voulu.

Ouvrez donc vos grands yeux. L'habitude de nuire
A produit les effets qu'elle devait produire.

Au despotisme usé le bon vouloir survit.
La populace insulte au pouvoir qui sévit.
Dans vos bruyants débats, l'orateur mercenaire,
Au gré des factions, s'oppose ou laisse faire ;
Il rit quand vous pleurez, tonne, cède à la peur :
C'est le caméléon qui change de couleur.
Adroit dans ses discours, il flatte vos caprices.
A l'air de s'opposer au cours des injustices,
Et pour mieux dominer se dit votre soutien :
Faites-le quelque chose, il ne sera plus rien.

    Le règne de l'épée amène les conquêtes,
Et celui de la gloire est suivi des tempêtes.
Après celui des arts apparaît l'orateur
Qui porte l'éloquence à toute sa hauteur.
Mais ce règne brillant qui rêve l'impossible
Est de sa décadence une marque infaillible.
Autrefois les Romains, sous l'empire abattus,
Virent avec Caton s'éteindre leurs vertus.
Malgré tout son éclat, la voix de Démosthènes
A l'asservissement ne put ravir Athènes.
Aujourd'hui vous avez des orateurs divins ;
Mais que deviendrez-vous? Demandez-le aux Romains.

    Les hommes de Juillet, ceux de Quatre-vingt-treize,
En se coalisant, se sont mis mal à l'aise.
A jamais encroûtés, frondeurs et libéraux,
Des dupes d'autrefois sont les hideux tableaux.
Parmi ces éléments on en distingue un autre :
Embryon parvenu qui fait le bon apôtre,
Egoïste à grands biens, par son luxe énervé,
Parti conservateur qui s'est seul conservé.

Votre aristocratie, un peu plus remuante,
Encense le pouvoir qui rit de son attente.
Au trône qui s'isole elle fait oublier
Que l'intérêt du peuple au sien doit se lier.
   Que résultera-t-il de cet état de gêne?
Une tendance occulte aux éclats de la haine.
En dépit du progrès, le temps où nous vivons
Est gros d'événements, comme de trahisons.
L'arbitraire à son comble infecte la province,
Et, sous le sceau légal, de vos droits vous évince.
Etes-vous franc bourgeois, avez-vous quelque nerf,
On vous note, et soudain vous redevenez serf.
La féodalité, l'hydre des temps sauvages,
Abandonne les hauts pour les plus bas étages.
Agent subdélégué, le simple Sous-Préfet,
D'un maire besacier se faisant un valet,
Au gré de son caprice interprète la Charte,
Et des élections sans pudeur vous écarte.
On a beau réclamer, s'appuyer sur la loi,
L'arrêt du janissaire est le vouloir du Roi.
   Mais ce n'est que bibus; pour qui ne veut rien être,
Un passe droit pareil devient faveur du maître.
Il est un autre objet plus criant à mon gré,
C'est cet ogre fiscal pour qui rien n'est sacré.
Sa bouche insatiable engouffre vos ressources,
Et, jusqu'au dernier sou, vide toutes les bourses.
A quoi pourra servir ce coffre où s'engloutit,
Avec l'or du Crésus, le denier du petit?
A soudoyer des bras qui riveront vos chaînes,
A bâtir des châteaux, à boiser des domaines,

Où vous , pauvres lapins, vous serez pourchassés
Comme ces vieux renards que la meute a lancés.
   Maintenant , dites-moi, dupes des barricades,
A quoi vous ont menés vos complots, vos bravades?
Etes-vous plus heureux qu'on ne l'était jadis?
Les fers que vous portiez se sont-ils déraidis?
Souverains en peinture et monarques d'une heure,
On vous leurrait alors tout aussi qu'on vous leurre;
Et cette liberté qui faisait tant de bruit,
Comme un arbre écorcé, ne produit plus de fruit.
Où sont donc les bienfaits dont les sots se repaissent?
Aujourd'hui la corvée et les lods reparaissent,
Il est vrai, sous des noms un peu plus ennoblis;
Mais ce ne sont pas moins des servis rétablis.
   L'État, me dira-t-on, a besoin de finance;
Il faut des défenseurs à notre belle France.
Eh! Messieurs, comme vous j'entre dans ces besoins;
Mais ne peut-on en paix laisser tous les Bédouins?
Faut-il pour marier ou pour doter des princes,
Epuiser en impôts le sol de nos provinces?
Un père qui lui seul est plus riche que tous,
A-t-il besoin de l'or qu'il arrache de nous?
Qu'on ne m'oppose pas la dignité du trône ;
Elle ne peut surgir du produit de l'aumône.
A tort on me dirait : le peuple est souverain.
Fi de la liberté qui m'arrache mon pain !
Jouir de ce qu'on a, c'est vivre sans entrave ;
Or, qui me prend mon bien, m'établit son esclave.
Jadis, maître Vulpin dévorait les canards :
C'est le coq aujourd'hui qui mange les renards.

`L'excès produit l'excès, et tel déchire encore
Qui sera dévoré par celui qu'il dévore.

Mais on dit que le siècle, en prodiges fécond,
Ranimera l'honneur à peu près moribond ;
Que votre indépendance, en tout lieu proclamée,
N'a pas été sans fruit mille fois réclamée.
Montés sur leurs tréteaux, que veulent tant de fous?
La licence pour eux, l'esclavage pour vous.
Si la chaîne sourit à l'orgueil des despotes,
Les fiers républicains ont aussi leurs ilotes ;
Et, qui n'en conviendrait en voyant vos débats?
De l'opposition quels sont les résultats?
Des impôts établis ou des impôts à naître,
Un luxe de misère et pis encor peut-être.
Emules des Romains, que vous suivez de loin,
Qu'y gagnez-vous? la charge et les bottes de foin.
Dans vos champs dépouillés par la dîme fiscale,
On entend retentir cette voix libérale :
« Courage, agriculteurs, centuplez vos produits,
» Vous trouverez des gens qui mangeront vos fruits. »

Le pouvoir, qui se rit de vos constantes luttes,
Attend que, fatigués de ces vaines disputes,
Un budget, tout un an péniblement conçu,
Vous trouve sans défense et passe inaperçu.
Les sueurs du grand peuple, à grands frais recueillies,
Excitent des flatteurs les bruyantes saillies.
A ce gâteau des rois chacun veut prendre part,
Et l'amour du pays se voit mis à l'écart.
Si parmi les muets, un hardi personnage
A l'œuvre du ministre oppose son courage,

Aussitôt les faveurs, les places, les décors,
Viennent paralyser ses cupides efforts.
L'arsenal d'influence est vidé pour lui plaire,
Et le tribun séduit finira par se taire.
Etonné de l'éclat dont il brille soudain,
Dites au courtisan jadis républicain:
—Qu'es-tu, brillant esprit qu'admirait la tribune?
As-tu changé de cœur en changeant de fortune?
—Démocrate au forum, je fatigue les rois;
Aristocrate ailleurs, je me ris de nos lois.
Qui seul monte à l'assaut, n'ayant plus de ressource,
Une fois enrichi n'expose pas sa bourse.
Imbécile mouton! nul ne te défendra;
Quels que soient tes bergers, *toujours on te tondra.*
    Ce n'était pas ainsi qu'au temps de Diogène,
On prisait en ses dons la grandeur souveraine.
Alexandre au Cynique invitait sa faveur:
De devant mon soleil ôte-toi, séducteur,
Disait-il; parle moins de ta munificence:
Elle ne peut valoir ma noble indépendance.
Enrichi de ton or, je trouve que je perds:
Les fers les plus brillants n'en sont pas moins des fers.
    Où trouver parmi vous ce degré d'énergie?
Il ne saurait surgir de la démagogie.
Un peuple qui se prend à l'appât des discours,
S'il a des privautés, les perdra pour toujours.
    La presse, dira-t-on, ce populaire guide,
Aura soin de régler le pouvoir trop avide.
Une voix répondra: « l'opinion a tort;
Il faut dompter le bœuf avant qu'il ne soit fort

Vos chères libertés pouvaient avoir leur règne,
Mais vous n'en avez su conserver que l'enseigne. »
    Ainsi que le méfait, j'ai signalé l'abus.
Si de ces vérités vos esprits sont imbus,
Ecartez la volaille, et dans le champ du maître
On verra quelque jour le bon grain reparaître.
L'aigle sur vos sillons faisait peur aux vautours :
Le coq est bien placé, mais dans les basses-cours.
    Pour vous qui des Hébreux supportant les misères,
Avez subi l'effet des intestines guerres,
Après avoir vu l'arche aux bras des Philistins,
Confiez au Très-Haut le soin de vos destins.
Qui sut dans sa fureur disperser vos phalanges,
Au jour de sa bonté vous enverra ses anges;
Il pourra vous tracer un cercle moins étroit :
La puissance de fait ne détruit pas le droit.
    J'entends crier partout : fi des légitimistes!
Et quand je le serais, tous sont-ils Philippistes ?
Au sein des corps élus ne voit-on pas assis
Les partisans du coq, ceux de l'aigle ou des lys ?
Qu'importe la couleur, pourvu que la patrie
A travers les débats reste vierge et chérie ;
Pourvu que l'imposé, soumis à l'attribut,
Vous paie en douze mois douze fois le tribut?
En fait d'opinions nul drapeau ne s'écarte ;
Ils furent tous placés sous l'aile de la Charte,
Et, froissé par le vent' qui trouble les états,
Le principe battu plie et ne change pas.
Qu'on usurpe un pouvoir, je n'en vois que l'écorce,
Et sans être avili je me rends à la force.

Il en est autrement, lorsque une juste loi
Rattache l'homme libre au légitime roi.
Le pacte social qui me fait sujet lige
Au respect envers lui sans me forcer m'oblige.
Offerte librement, l'obéissance a lieu
Comme du fils au père ou du chrétien à Dieu.
C'est ainsi qu'autrefois, conçu dans la sagesse,
On voyait le pouvoir sourire à la faiblesse,
Et mettant à l'écart tout luxe de progrès,
Sous l'ombre du vieux chêne octroyer ses arrêts.

    Honneur! au vert-galant dont la main paternelle,
Au moment de sévir, épargnait le rebelle;
Et sur le haut des murs où gémissait la faim,
Aux ligueurs égarés faisait tendre du pain;
Qui, rentré dans ses droits, disait à sa famille:
« On me verra jouir de l'éclat dont je brille,
» Aussitôt que mon peuple, au lieu du haricot,
» Pourra, chaque dimanche, avoir la poule au pot! »
    Voilà comme entre tous s'établit l'équilibre:
Alors qu'on est heureux, on se croit toujours libre;
Et voilà ce qui fait que le nom de Henri,
Dans l'esprit du rimeur sera le nom chéri.
Que du vieux Béarnais le dernier fils succombe,
Avec lui mon amour descendra dans la tombe.

    A présent, dites-moi, démagogue ombrageux,
Vous qui cessez d'aimer dès qu'on est malheureux,
Croyez-vous qu'un Bertrand, plaignant une infortune,
Ait moins d'honneur que vous qui n'en plaignez aucune?
Au rocher solitaire où le foudre expira,
Sera-ce votre nom que l'écho redira?

L'avenir, plus soigneux d'enregistrer la gloire,
Ecartera de vous le burin de l'histoire.
Il saura distinguer l'homme du beau parleur,
L'ami du courtisan, le héros du hableur;
Les rayons du soleil feront fondre la glace,
Et la fidélité conservera sa place.
    « Arrêtez, direz-vous; point de foi, point d'amour,
» En fait de monarchie, on la veut en plein jour;
» Tout droit venu du ciel est un joug qu'on écarte. »
Ainsi que vous, héros, je m'en tiens à la Charte.
Un gouvernement juste et largement assis
Ferait dans le devoir rentrer tous les partis.
L'unité d'action au dedans fait la force,
Et peut seule au dehors prévenir un divorce.
Mais que sur le vieux trône s'ente le jeune bras,
Si la sève lui manque, il ne fleurira pas.
De même en politique, un grain de rectitude,
En purgeant le pouvoir, lui rend son attitude.
Il saura, si plus tard nos droits sont méconnus,
Ajouter à leur poids le glaive de Brennus.
Autrement, foin de lui! la main qui tient l'étrille
Fait passer l'éléphant par le trou de l'aiguille.
    En effet, trop soigneux d'exciter nos discords,
L'Anglais d'un bon vouloir garde en vain les dehors.
Du pouvoir usurpé connaissant tous les vices,
Il lui fait sans pudeur éprouver ses caprices;
Et toujours menaçant, toujours plein de mépris,
Le force à se nourrir de la paix à tout prix.
    Supposons maintenant qu'un prince légitime
Ait acquis du Français et l'amour et l'estime,

Ou qu'un jour, succombé sous la commune loi,
Le peuple, ce roi mort, dise: vive le Roi!
Que, par le droit du sang offert à la province,
Un monarque de fait soit créé juste prince.
Admettons que la Charte, en ses augustes mains,
Ne devienne jamais l'objet de ses dédains.
Fort d'un libre concours, ce roi dans la balance
Equilibrera mieux l'intérêt de la France;
Il fera prévaloir ce qui ne prévaut plus;
Sans épuiser le peuple en efforts superflus,
Sans craindre les périls, sans désirer la guerre,
Au respect envers nous il forcera la terre.

Un moment détourné du point que j'avançais,
Je reviens aux bergers qui se disent français;
Qui, sous le sceau légal déguisant les rapines,
Au lieu d'un noble appui, nous tendent des doctrines.
Ils sauront que ce zèle, auquel on ne croit plus,
Ne se résume pas en discours superflus;
Que jamais le coursier ne pourra vivre au large,
A moins que du fardeau leur main ne le décharge.
Ils sauront que le peuple, éclairé sur ses droits,
Est las de graviter dans leurs cercles étroits;
Et que pour l'affranchir du tribut qui l'écrase,
La clameur de haro convient mieux que la phrase.

Eloquents orateurs, pompeux hommes d'état,
Qui semez les grands mots sans aucun résultat,
Voulez-vous opérer quelque chose d'utile,
Ecartez un moment tout système futile;
Au lieu de le flatter, éclairez le pouvoir:
Jamais le courtisan n'a compris ce devoir.

—Poète, ouvrez les yeux. La France libérale
Arrive au plus haut point de sa force morale.
—Oui, mais en attendant vous nous dépouillez tous :
Au diable ce trafic, s'il n'enrichit que vous !

    Quelle erreur, va-t-on dire ! Aujourd'hui la Patrie
Au dernier échelon porte son industrie.
On doit aux nobles soins des limiers progresseurs
Des pains de petit sucre et de grandes vapeurs ;
Par les chemins de fer, établis à la ronde,
On peut aller partout, même dans l'autre monde ;
Il n'est pas de village où ceux dits *vicinaux*,
Grâce au cens et servis, ne soient largement beaux.
Que l'ennemi survienne ; en cas d'une défaite,
Il pourra mieux à l'aise opérer sa retraite.

    Aveuglé sur l'effet, comme sur le moyen,
Sans même le payer, on détruit votre bien.
Criez, ne criez pas ; quelques grains d'arbitraire,
Administrés à temps régleront votre affaire ;
Et malgré le respect imposé par la loi,
Votre glèbe s'éclipse au gré des gens du Roi.

    Ce mécompte, pourtant, quoiqu'il soit assez grave,
A nos progrès nouveaux ne mettra point d'entrave ;
Un commerce, activé par nos dehors de paix,
Fera dans leur dépit sécher tous les Anglais.
Déjà leur mécanique, importée en nos villes,
En simplifiant tout, rend les bras inutiles ;
Avant peu le pays, regorgeant d'ouvriers,
N'aura que des flâneurs pour couvrir ses chantiers ;
Les hommes consacrés à notre agriculture
A leur tour rougiront de leur vieille roture ;

Instruits dans l'A, B, C, tous seront Baronnets,
Comme les magistrats de nos estaminets;
Des mines, des vagons, des canaux circulaires,
Absorberont l'esprit de leurs actionnaires:
Un opulent décompte est fondé là-dessus,
Et tous seront Milords.... s'ils ne sont pas déçus.
Par un jeu mutuel, la grêle, l'incendie,
Auront leurs médecins comme la maladie.
On peut mourir, brûler, être un jour foudroyé,
Sans que d'un tel malheur on doive être effrayé;
Nul sinistre en un mot, pourvu que notre France
Contre les assureurs découvre une assurance.
 Voilà pour l'intérêt. Quant aux œuvres d'esprit,
Nos hardis romanciers ont tout dit, tout écrit.
Rien n'échappe au burin des gens périodiques.
Ecoutez ces rêveurs créant des Républiques :
 Autrefois le lévite, instruit dans ses devoirs,
 Abusait rarement des célestes pouvoirs;
 Il octroyait au faible un secours efficace.
 Aujourd'hui, parmi nous, qu'a produit la besace?
 Un prêtre enorgueilli de son autorité,
 Plein de foi, d'espérance, et non de charité.
 C'est-là parler. Aussi, le Juif-Errant qu'on aime,
A sur le nom jésuite imprimé l'anathème:
On peut dormir en paix. La ruche d'intrigants
Ne bourdonnera plus autour de nos enfants.
Grâce aux hommes nouveaux, les écoles normales
Ouvriront la carrière aux vertus libérales;
On publie au forum que, sans être chrétien,
L'instituteur gagé fera des gens de bien.

L'école est un modèle en savoir, en civisme :
Rien n'y manque en effet qu'un nouveau catéchisme.
Après ces résultats qu'on ne saurait nier,
Convenez donc qu'à l'œuvre on connaît l'ouvrier ;
Qu'un régime pareil est un régime utile,
Et que mal à propos s'échauffait votre bile.
A mon tour confondu, je baisse pavillon :
Que peut au vieux brochet le faible carpillon ?
Lorsqu'un peuple enivré méconnaît son délire,
Il est plus dangereux de l'aider que d'en rire ;
Avouons, toutefois, sans toucher au moyen,
Qu'en dépouillant la bête, on lui fit quelque bien.
Suivant le fait acquis, je blame ou je révère :
A qui sait être juste il sied d'être sévère.

QUATRIÈME POLÉMIQUE.

Les Envieux.

Épître à M. Louis-Nicolas-Hector CARTIER.

*Memoriam cum voce perdidissemus , si tam
in nostrâ potestate esset oblivisci, quàm tacere.*
(TACITE).

Nous eussions perdu le souvenir avec la parole ,
si l'homme pouvait oublier comme il peut se taire.

Toi qui, dans les élans d'un zèle réservé ,
Des erreurs de l'esprit fut toujours préservé ,
Ne crois pas qu'en ce monde un bonheur sans nuage
Ait jamais d'un mortel signalé le passage:
Oublieux de ce temps qui fuit inaperçu,
L'homme dans son espoir se voit toujours déçu.
Qu'il lui vienne un succès, l'envie, au regard louche,
Exhalant les poisons que recelait sa bouche,
Ainsi que le serpent, se glisse près de lui,
Corrompt, flétrit sa joie, et lui laisse l'ennui.
Qu'il éprouve un échec, aussitôt reparue ,
Elle vient triomphante importuner sa vue.

Injuste dans la haine, ardente à l'assouvir,
Ce n'est plus son repos qu'elle veut lui ravir,
C'est la noble pitié qu'à l'âme généreuse
Inspire en ses revers la vertu malheureuse.

Oublié quelque temps, confondu parmi nous,
Dès qu'il s'est distingué, l'homme fait des jaloux :
Napoléon vainqueur déplut à l'Angleterre;
Il eut pour envieux tous les rois de la terre;
Et, malgré son appel au sentiment d'honneur,
Ne fut pas respecté, même dans le malheur.

Celui dont l'avenir contemplera le buste,
En vain sous l'univers courba son front auguste;
Albion, que son cœur honorait comme appui,
Ne trouva qu'un rocher pour s'assurer de lui.

Quoique ému par l'effet de nos vicissitudes,
Il garda, prisonnier, ses nobles habitudes;
Et grand sous l'humble toit, comme dans le palais,
Jusqu'au dernier soupir fut sublime et français.

On pourra m'objecter les griefs que l'envie
A plaisir un moment répandit sur sa vie:
Alors que le lion gît sur terre étendu,
Le coup de pied de l'âne à sa dépouille est dû.
Moins on en mérita, plus on reçoit d'outrage:
Ainsi la lâcheté se venge du courage.

Il n'est pas de mortel, je te l'ai déjà dit,
Qui de ses envieux n'ait armé le dépit.
Jusques dans le tombeau le méchant suit sa proie;
Avilir qui s'éteint fait encor sa joie,
Et le ver de l'orgueil, sans s'émouvoir de rien,
Dévore également ou le mal ou le bien.

Tout nom qui retentit fait ombrage au vulgaire :
Il faudrait être nul pour ne pas lui déplaire ,
Et laissant le champ libre aux médiocrités ,
Ne jamais prendre rang chez les célébrités.

Ce que je dis des hauts s'applique au bas étages.
Alin sur ses pareils prend-il ses avantages ,
Aussitôt contre lui s'acharnent les jaloux.
Ce n'était, dira-t-on, qu'un rustre comme nous;
Pourquoi tant de respect à si peu de mérite?
Il fait de la vertu!... Ce n'est qu'un hypocrite;
On l'a vu balayer les égoûts de Paris;
Son père était crieur, ses frères sont flétris.

Que ce soit un soldat reconnu pour un brave;
Il n'a pas en tout temps porté la laticlave ;
On l'a vu chez Véry trier des petits-pois:
Il n'était pas encore le commensal des rois.

Si c'est un beau talent couronné sur la scène,
Et qu'auront enrichi Thalie ou Melpomène ,
A défaut d'autre mot dont on puisse accoucher,
Ce seigneur , dira-t-on , est le fils d'un boucher.

Supposons maintenant qu'au sommet de la chaire
Apparaisse modeste un nouveau Lacordaire;
Eût-il tous les talents de ce fameux prêcheur,
Son onction , son zèle et surtout sa fraîcheur,
S'il n'est dans le progrès , c'est un homme bonasse ,
Elève de Jésuite ou curé de besace ;
On incrimine en lui jusqu'à sa charité;
Dans ses raisonnements tout n'est pas vérité;
C'est un ambitieux qui s'en veut faire accroire;
Il vise au chapeau rouge , aime la vaine gloire ;

Et, pour parler plus net, jaloux de s'enrichir,
Prend bénévolement notre linge à blanchir.
Que ne se borne-t-il à sermoner sa mère!
On sait que dans ses mœurs elle fut peu sévère.
    Ainsi parle l'envie. Un talent, quel qu'il soit,
Perd toujours quelque chose au contact de son doigt.
    Si l'éclat du mérite offusque l'âme vile,
A son tour, l'opulence échauffera sa bile.
Ayez, par vos aïeux ou par un long travail,
Acquis d'un riche avoir le pompeux attirail,
Voilà, se dira-t-on, les heureux de la terre;
Ils foulent à leurs pieds le pauvre prolétaire :
En fournissant lui seul de vigoureux soldats,
N'est-il pas toutefois le soutien des états?
Pourquoi, lorsque la charge épuise nos ressources,
Auraient-ils seuls le droit de ménager leurs bourses?
Est-il un privilège acquis à leur trésor?
Souffrirons-nous la faim lorsqu'ils nagent dans l'or?
Qu'ont-ils fait plus que nous? vieillis dans la mollesse,
Ils portent le cachet d'une antique bassesse.
Que ne partagent-ils ces trop fragiles biens,
Par l'usure ou le fer ravis aux citoyens?
    Tels seront les propos qu'excitera l'envie;
Heureux si sa fureur n'atteint pas votre vie!
    On me dira peut-être, et j'en tombe d'accord :
Tous ne sont pas méchants; l'insecte qui nous mord
Parmi les animaux n'occupe que sa place;
Il en est dont l'humeur est tout-à-fait bonasse.
    En vérité, mon cher, le cercle de ceux-ci
De jour en jour chez nous devient plus rétréci;

Le mal vouloir domine, et l'humaine nature,
A force de progrès, tombe en caricature.

Entrons dans ce bazar qu'on nomme estaminet ;
Remarque ce Lion muni d'un coussinet,
Qui, le cigare en main, vide un canon de bierre :
On dirait à le voir qu'il créa la lumière.

Ecoutons ses propos : « Les serments sont trahis ;
» Plus de chance, Messieurs, pour l'amour du pays ;
» Des agents corrupteurs, imbus de Guizotisme,
» Opposent l'infamie aux élans du civisme ;
» On intrigue à plaisir ; les places, les décors,
» Paralysent partout nos généreux efforts.
» Plus de libres suffrages. On tarife la France,
» Et l'intérêt local emporte la balance.
» A quoi peuvent mener ces députés muets,
» Du ministre en faveur les très-humbles valets ?
» Sauront-ils comme nous le maintenir en bride,
» Eux qui n'ont jamais eu que l'intérêt pour guide ?

» On ne peut mieux parler, dit, d'un ton nazillard,
» Un porteur de lunettes assis près d'un billard ;
» J'ai moi-même éprouvé l'effet du monopole :
» Un refus de concours m'a mis hors de l'école.
» —Etes-vous électeurs, a repris le premier ?
» —Non, frère, mais je suis l'étoile du fermier.
» Parmi les ignorants, l'instituteur primaire
» A souvent plus de poids que le garde ou le maire ;
» Ami des libertés, vainement j'y prends part,
» Mon zèle pour l'état se voit mis à l'écart ;
» On sévit sans pudeur ; la tendance à la Charte
» Est des ambitions la seule qu'on écarte.

» Inutiles regrets!... J'aurais vu le pouvoir
» Rendre plus de justice à mon petit savoir;
» La presse en ma faveur eût fait appel au prince,
» Et je ne serais plus un pédant de province...

   » —Ainsi tout se décide, a conclu le buveur:
» Les privilégiés auront seuls la faveur.
» Mais reprenons courage. A l'aide des menaces,
» On peut régler le trône ou remuer les masses;
» Aux hommes du progrès il restera toujours
» L'influence morale et les fautes des cours. »

   Voilà comme à leur gré les vieilles félonies
Exploitent du flâneur les jalouses manies.

   Abordons le cloaque où vivent inconnus
Ces artisans du luxe, à peine entretenus,
Qui, toute la semaine allongeant la veillée,
Exhument aux jours saints leur tournure anguillée.
A peine ont-ils revu nos brillants boulevards,
Qu'ils mettent leur bonheur à lancer des brocards.

   « Cette nymphe, dit l'un, sémillante, légère,
» A su mettre à profit les leçons de sa mère;
» Autrefois ravaudeuse, elle est dame aujourd'hui:
» Ce dandy qu'elle lorgne a garni son étui.

   » La belle que tu vois si leste, si parée,
» Etait tout bonnement vendeuse de marée;
» Elle a su si bien faire et tendre ses filets,
» Que ce gros monseigneur est tombé dans ses rets.

   » Vois ce bel attelage admiré de la foule,
» Eh bien! c'est la Mimi que la calèche roule;
» On dirait à la voir se donnant de grands airs,
» Qu'elle est née au giron du plus noble des pairs;

» Ce n'était toutefois qu'une pauvre grisette :
» Un simple jeu de bourse a rempli sa cassette.
 » Observe ce cocher, tout couvert de brillants.
» C'est l'ancien jodelet du quartier des Feuillants ;
» Cette jeune marquise en secret le protège,
» Et chez son vieux mari l'introduit sans cortège. »
 Ainsi, la jalousie exhale son dépit.
Rien n'est sacré pour elle. Un vieillard décrépit
Fait la nique au jeune homme à candide visage.
A son tour la matrone insulte au fin corsage.
On ne voit qu'envieux parmi tous les humains ;
Et les plus mal appris sont toujours les plus vains.

CINQUIÈME POLÉMIQUE.

Le Songe.

Caricature Politique.

Nihil rerum mortalium tàm instabile ac
fluxum est quàm fama potentiæ non sud
vi nixa. (TACITE.)

Rien dans ce monde n'est moins stable,
rien n'est plus fragile que l'éclat d'un pouvoir qui ne s'appuie pas sur sa propre force.

En l'honneur du roi des Français
La cité donnait une fête;
On m'y convia. Pas d'enquête;
Je vous préviens que je rêvais.
   Le prince, comme feu son père,
Est, dit-on, friand de petits;
Mais on peut changer d'appétits,
Surtout lorsqu'on a grande chère.
   En effet, tout le haut gibier
Qu'engendra l'ère féodale,
Mis à la sauce libérale,,
Exhalait un fumet d'herbier.

Les volailles les plus communes,
En crédit comme le rosbif,
D'un luxe représentatif
Remplissaient toutes les lacunes.
On remarquait parmi les plats
Certain pâté de rois de cailles,
Ainsi qu'au blocus de Versailles,
Alignés comme des soldats.
Le plus vieux portait sur sa tête
Une couronne aux trois couleurs.
Ses petits, de moindres valeurs,
N'avaient qu'une espéce de crète.
Un d'entre eux, comme un amiral,
Cherchait le point sur la boussole;
Un autre apportait de l'école
Les insignes d'un général :
Tous, arrosés de fine graisse,
Etaient farcis de filets d'or,
Et l'éclat d'un rouge décor
Popularisait leur noblesse.
    Arrivèrent les entre-mets.
On renvoya les prolétaires,
Et le choix des grands dignitaires
Etonna l'œil de nos gourmets.
Des faisans venus de Belgique
Et gras de tributs libéraux,
Faisaient face aux jeunes perdreaux
Décimés par l'ogre d'Afrique.
Un pouding, le *nec plus ultrà*
De la forfanterie anglaise,

A propos mis à la française ,
En face du Roi se montra.
Comme un aigle, à l'aile étendue ,
Un coq, de haute extraction ,
Fixait par son attraction
Les yeux de la foule éperdue.
Aux quatre angles, sur des supports,
Cent maçons de pâte sucrée ,
Elevant leur truelle ambrée,
Achevaient de bâtir des forts.
La fantaisie impériale ,
En crédit mise par Chevet,
Figurait, moyennant brevet,
Comme une nouveauté royale.
Enfin, les crèmes des paysans,
Par douzièmes bien recueillies,
Excitaient les vives saillies
De nos adeptes courtisans.

Tout se mouvait sur cette table
A l'aide de chemins de fer.
Les vapeurs de mons Lucifer
Etaient d'un effet admirable.

Ainsi se dessinait à l'œil
Ce chef-d'œuvre gastronomique,
Epreuve que la polémique
Observait, debout sur le seuil.

Entre le prince débonnaire
Et son ministre favori,
Sur un vieux siège de Tory,
Qu'éclairait un disque lunaire ,

On voyait, sous un dahlia,
Celle dont la Cour est coiffée:
On l'eût prise pour une fée;
Elle avait nom *Victoria*.
Son orgueil visait à l'empire,
Et chaque fois qu'elle priait,
Le prince à ses vœux se pliait,
Souple comme un bâton de cire.

On parla du malheur des rois,
Des exigences *Puritaines*,
Et des discussions hautaines
Que font naître les moindres lois.
Le monarque, sur ce chapitre,
Au lieu de s'expliquer tout net,
Dans ses mains froissa le bonnet
Qu'on lui remit avec son titre.
Il parut même se glisser
Vers une pente rétrograde,
Et de la *Juillette* parade
Eut l'air de vouloir se lasser.

Tout-à-coup un cri de détresse,
Echappé du sein libéral,
Fit, jusqu'au seuil du toit rural,
Bruire l'écho de la presse.
On s'agitait de toute part.
La tourbe représentative,
En révolte législative,
Allait se voir mise à l'écart.
L'ami de la démocratie
Criait : *à la corruption!*...

Le mot de révolution
Fit pâlir l'aristocratie.

    Aussitôt parut le dessert ;
Et les bons vins, mis en réserve,
Ayant surexcité la verve,
On ouït un autre concert.

    Les hommes de nouvelle trempe,
Autrement dits conservateurs,
Firent chanter aux électeurs
L'antienne : *qui veut voler rampe.*
On fit alors distribuer
Des croix, des fonctions civiles;
Et l'or, appas des âmes viles,
Au succès dut contribuer.
Pour rompre le cours des idées,
A la buvette du forum,
On nous versa du laudanum,
Et les rostres furent vidées.

    Le foyer gouvernemental
Retentit de cette victoire,
Et le ministre, dans sa gloire,
En souriant ouvrit le bal.

    Victoria tendit au prince
Un doigt civil mais souverain,
Simulacre de coup de main,
Que plusieurs trouvèrent trop mince.

    Un orchestre, qu'on remarqua,
Fit retentir la *Marseillaise*,
Et, quoique un peu mal à son aise,
Le couple dansa la polka.

8

C'était se rendre populaire.
Aussi, l'exilé polonais
Crut voir dans le roi des Français
L'homme que rêvait sa misère.
Erreur!... Tout occupé de lui,
Ce héros des trois jours néfastes,
En dépit des enthousiastes,
Etait chiche de son appui.

De la crainte surgit le doute ;
Et pour servir ses alliés,
Qui n'est pas ferme sur ses pieds
Ne saurait faire longue route.
Or, quoique né très-libéral,
Monseigneur à ce peuple ilote
Ne put offrir contre un despote
Autre chose qu'un joli bal.

L'heure du repos arrivée,
Au murmure d'un *Ça-ira*,
Le monarque se retira,
Quitte enfin de cette corvée.
A son passage on s'inclinait,
Vantant son règne outre mesure.
Il rendit même avec usure
Les éloges qu'on lui donnait,
Le tout sans exposer sa vie
Aux caresses de mauvais ton :
Les pralines du mousqueton
L'avaient sevré de cette envie.

Aimer son peuple, c'est fort bien ;
Mais par trop flatter la canaille

Est toujours, après la ripaille,
Un leurre qui ne mène à rien.
Cela dit, crainte de bévue,
En mon coin je restais cloué,
Quand du Roi, qu'on avait loué,
Mon sourire attira la vue.

Alors, je voulus m'effacer;
Mais, instruit que j'étais poète,
Il posa le doigt sur ma tête,
Et se pencha pour m'embrasser.
Sûr que ce n'était pas pour rire,
A mon tour je lui pris la main,
La pressai comme un châtelain,
Et du fond du cœur lui dit: Sire,
Une bouche pleine d'appas
D'Alain Chartier baisa la joue.
Alain dormait et, je l'avoue,
Alain ne se réveilla pas.
La liberté que j'ose prendre
A mon gré peut s'autoriser;
Car jamais, en fait de baiser,
Je n'en ai reçu sans le rendre.

Etait-ce manquer de respect?
Je ne sais; mais cette incartade,
Aux yeux de la rodomontade,
Eut quelque chose de suspect.

Pardon, caste légitimiste....
Un homme, autrefois blasonneur,
A ce degré, sans déshonneur,
A pu se montrer Philippiste.

Au baiser de haut acabit
Je devais cette représaille ;
Et je n'ai pas, vaille que vaille,
Ainsi que vous, changé d'habit.
Toute victoire se calcule.
A mes yeux, quoi que vous disiez,
Renverser l'hydre sous ses pieds
Est toujours le fait d'un Hercule.

SIXIÈME POLÉMIQUE.

Essai sur l'Art Oratoire.

Orateurs, que la fougue emporta loin du but,
Ne laissez pas sombrer la planche du salut.
Qui veut longtemps courir n'épuise pas sa force.
Un indiscret babil n'est jamais qu'une écorce.
Occupés sans relâche à mûrir vos discours,
N'imitez pas le sot prêt à parler toujours.
L'esprit gagne à se taire. Une verve insensée,
En brusquant son essor, égare la pensée.
Où peuvent aboutir les propos superflus ?
Ce qu'on jette à la mer ne se retrouve plus.
Soyez moins étourdis. Quelquefois la jeunesse,
A force d'observer, parvient à la sagesse.
Il faut de ses réseaux savoir dégager l'or,
Mais ne pas sans motifs prodiguer ce trésor.

Qui de sa dignité n'a pas la conscience,
En la prostituant, dégrade la science;
Et du soin d'éblouir à tort préoccupé,
Loin de me faire dupe, est lui-même dupé.

L'homme prudent se cache, attend venir l'estime,
Aime à se renfermer dans un commerce intime,
Observe du regard, écoute, parle peu,
S'occupe à recueillir et ménage son feu :
Sept fois sur son pivot, nous dit un vieil adage,
Agitez votre langue avant d'en faire usage.
On chante souvent faux lorsqu'on hausse la voix.
Le goût veut dans les sons plus d'étude et de choix;
De même la pensée, ardente impétueuse,
En épuisant sa veine, expire infructueuse.
Il faut, soit que l'on parle, ou qu'on fasse un écrit,
Par la raison toujours assaisonner l'esprit.

Que procure, après tout, ce vain flux de paroles?
Un retentissement que suivent des écoles.
Etourdir l'auditeur, c'est dissiper son bien:
Quiconque avance tout, ne prouve jamais rien.
Laissez donc les jongleurs s'attaquer l'un et l'autre:
En vidant leur trésor, ils combleront le vôtre.
Une heure que l'on passe à contempler des sots,
Peut faire du débat jaillir quelques bons mots.
Vous en profiterez; d'une main plus habile,
Ajustant les ressorts de leur œuvre débile,
On verra votre goût, plus sage et plus discret,
Faire de ces lambeaux un ensemble parfait.

Ce n'est pas que je pense, avorton du Parnasse,
A l'homme de génie interdire l'audace.

Un chef-d'œuvre entrepris, tendez à l'achever:
Qui se traîne toujours ne saurait s'élever.
Mesurez votre vol: en tout genre de gloire,
Un mouvement réglé conduit à la victoire;
Et l'insecte soyeux qui dort sous le haillon,
Peut, l'obstacle vaincu, devenir papillon.
    Je l'ai dit toutefois et le répéte encore :
Un feu qu'on éparpille à l'instant s'évapore.
Il est, en composant, deux écueils à prévoir:
Qui le prodigue trop évente son savoir ;
Qui n'en fait point d'usage en étouffe le germe.
Allez sans vous presser, mais allez d'un pas ferme:
Une abeille prudente enrichit le rucher;
Qu'elle se charge trop, on la voit trébucher.
    Suivez du haut des monts ce torrent qui déborde;
Il couvre de débris tous les lieux qu'il aborde,
Étend sur les guérets son voile triomphal,
Et, né d'un ouragan, ne produit que le mal.
Survient-il un soleil, arrêté dans sa course,
Il voit se dessécher cette nappe sans source.
Ainsi fait l'étourdi. Pauvre avec tout son bien,
Pour avoir produit trop, il ne produira rien.
    Observez, au contraire, et suivez dans la plaine
Un modeste ruisseau qui lentement se traîne.
Enrichi des tributs recueillis dans son cours,
Il arrose le sol qu'embrasse ses détours,
S'étend, couvre la plaine, et vient dans Babylone
Éblouir les regards des mortels qu'il étonne.
Un sage qui dans l'ombre accomplit ses travaux,
En s'effaçant lui-même, efface ses rivaux.

Ce n'est pas que l'on gagne à vivre trop modeste:
Enterré dans l'oubli, fort souvent on y reste.
Epanchez-vous parfois, mais avec des amis:
En petit comité les élans sont permis.
Souvent une œuvre belle, et pourtant incomplète,
Acquiert par le conseil une valeur parfaite.
Aristarque lui-même, en prescrivant des lois,
Au vœu des bons esprits se pliait quelquefois.
Boileau près de Racine épurait son langage,
Et, gourmandé par lui, revoyait son ouvrage.
Un talent qui s'isole est sujet au faux pas :
Attentif à produire, il ne corrige pas.
Ce n'est que dans le monde, au contact des lumières,
Et sous l'œil des rivaux, qu'on franchit les barrières.
Avant d'entrer en lice, éprouvez l'étalon:
Qui s'éclipse au forum brille dans le salon.
De la publicité c'est là que naît le germe:
Un premier pas franchi, l'athlète arrive au terme.
    Evitez, toutefois, les airs de suppliant:
Dédier ce qu'on fait, c'est être mendiant.
Qui dans l'auge de marbre injecte sa rouillure,
En remuant l'écume, en reçoit la souillure.
Ainsi, d'un noble feu montrez-vous embrasé:
Qui ne rampe jamais n'est jamais écrasé.
    Je ne veux pas non plus qu'un excès d'humeur noire,
En m'éloignant des cours, fasse avorter ma gloire.
Où brille le beau monde est aussi le bon goût.
Plus on a de savoir, mieux on juge de tout:
Les sublimes talents, quoi qu'on en puisse dire,
Ont toujours sur la pourpre exercé leur empire.

Ayez de hauts patrons; mais, ce choix arrêté,
Bornez-vous à l'appui qu'on vous aura prêté :
L'inconstance du cœur éteint la sympathie,
Et le zèle blessé tombe dans l'apathie.

Il est un autre point, mal compris de nos jours,
Et qui, bien médité, prête un charme aux discours :
C'est le don précieux de remuer notre âme.
Au feu des passions le moindre esprit s'enflamme.
On aime à retrouver dans les malheurs bien peints
L'effet d'un sentiment dont nous sommes atteints.
Partout l'art de sentir brille en première ligne :
L'éloquence du cœur fut toujours la plus digne.

Evitez , toutefois, narrateurs circonspects,
D'offrir en vos tableaux de vulgaires aspects :
Qui veut se faire un nom chez les races futures
Ne doit pas leur tracer de hideuses peintures.
Aux faiseurs de romans, toujours peu délicats,
Laissez les petits airs, nés des petits états.
La grisette, en ses mœurs franchement libertine,
Irritera toujours la morgue citadine.
Une figure ignoble, au lieu d'avoir du prix,
Fait naître le dégoût, précurseur du mépris.
Prêtez à ce portier de burlesques manières,
Un air leste au jokei, des tons aux chambrières ;
En peignant nos Laïs à brillants parasols ,
Montez de la boutique aux boudoirs d'entre-sols :
Vous aurez fait de l'art un abus inutile,
Et n'aurez reproduit qu'une nature vile.

Aujourd'hui, j'en conviens, le système nouveau
Cherche à nous ravaler à ce honteux niveau.

La presse, que dégrade une infâme licence,
De cyniques lambeaux affuble notre France ;
Et des plus bas états flattant l'ambition,
S'imagine régner par la confusion.
Tout ce qui se distingue est frappé d'anathème ;
On flétrit chez les grands jusqu'à la vertu même,
Et par l'abus commun de l'octroi libéral,
Janot tranche du prince et marche son égal.
Tout gamin avant terme échappé de l'école,
A la honte des arts exploite la parole.
   De là ce vain amas de romans avortés,
Sous le toit populaire à vil prix colportés ;
De là, chez les oisifs, cette fureur d'écrire,
Et chez les gens de rien celle de toujours lire.
Il n'est point de Marton qui n'ait sous son chevet
L'impôt feuilletoniste en guise de duvet.
Chacun expose à l'œil ce luxe de misère,
Et pour se le donner volerait père et mère.
Oublieux des devoirs que prescrit son état,
Le moindre va-nuds-pieds s'érige en avocat.
Celui qui, l'orgue en main, demande sa pâture,
Avant de mendier, se permet la lecture.
Il sait qu'on se rira d'un burlesque loisir ;
Mais, n'eût-il qu'un décime, il veut s'en dessaisir.
Plus tard, si le compère aborde ce chapitre,
Il osera des rois se déclarer l'arbitre,
Et parmi les muets à sa langue asservis,
Fera, nouveau Guizot, prévaloir ses avis.
Flatter dans ses écarts une telle manie
Est, selon ma pensée, avilir le génie....

Aux poètes de choix sans crainte livrez-vous :
L'homme d'un vrai mérite est rarement jaloux.
Qui dans son propre fonds peut trouver sa ressource
A moins riche que soi n'emprunte pas sa bourse.
Accordez aux grands noms le rang qui leur est dû.
Ce loyal procédé ne sera point perdu.
Vos modestes écrits, placés en évidence,
Obtiendront à leur tour la même récompense.
Emules du talent qui vous servit d'appui,
Vous pourrez au triomphe arriver après lui.
C'est ainsi que dans l'ombre étudiant Corneille,
Au chef-d'œuvre applaudi Voltaire ouvrait l'oreille ;
Et d'une noble ardeur à son tour animé,
S'établissait l'égal de qui l'avait primé.
C'est ainsi qu'après lui, poussés dans la carrière,
Et Picard et Lavigne ont reproduit Molière.
Au cothurne avili d'autres célébrités
Légueront les honneurs par elles mérités.

    Chacun sait que le drame, aujourd'hui peu timide,
Imprime à la pensée un élan trop rapide ;
Qu'impétueux et fier, il dédaigne ces lois
Prescrites par l'école aux hommes d'autrefois ;
Que libre en son allure, il bondit sur la scène,
Et de ses droits sacrés dépouille Melpomène.
On sait que, peu sensible au goût de ses ayeux,
Le Français, moins rassis, croit valoir beaucoup mieux ;
Qu'épris des libertés dont son esprit abuse,
Au taux de ses erreurs il ravale sa muse.
Un caprice fiévreux, dont l'orgueil fit les frais,
Ne saurait du génie arrêter le progrès.

L'essor qu'à notre époque imprima le vertige,
Aux yeux des gens sensés ne sera qu'un prestige.
Oui, j'ose l'assurer, ce dégoût des Boileau,
Dans la réaction trouvera son tombeau.
Le style réfléchi, pourvu que le champ s'ouvre,
En sortira purgé du limon qui le couvre.
Avant peu le sophisme, humble et déconcerté,
Verra son étendard à son tour déserté.
Quel que soit le succès du jargon romantique,
Il ne prévaudra pas sur la morale antique.
A l'esprit novateur longtemps assujettis,
Nous reviendrons au point d'où nous étions partis.
Calme au sein de la paix, le Gaulois, né sensible,
Aux leçons du malheur sera plus accessible.
Éprouvé tant de fois, son primitif amour,
Parmi tout ce fracas, saura se faire jour.
Sa raison, trop longtemps quinteuse et vagabonde,
En réglant mieux sa marche, instruira mieux le monde.
A l'insu du progrès, le sentiment chrétien
Fera des cœurs bien nés le plus cher entretien.
Forte de cet appui, la publique morale
A l'ange foudroyé rejettera la balle.
Un retour au bon sens fera pâlir l'erreur,
Et la France nouvelle aura compris l'honneur.
  Vous donc, qui prétendez à des succès durables,
Afin d'être loués, tâchez d'être louables.
Unissant la sagesse aux pompes du discours,
Sur les types anciens modelez-vous toujours.
Ce phœbus déréglé dont s'éprend le vulgaire,
Est aux beautés de l'art ce qu'est l'ombre à la terre.

Un objet rayonnant peut briller dans la nuit,
Mais le soleil levé, le météore fuit.

Ce que la mode enfante est précaire comme elle.
Au croquis imparfait préférez le modèle.
On voit du beau talent jaillir le beau dessin.
L'étalon exercé, combat mieux sous le frein.
Laissez le flot impur traîner son eau bourbeuse :
Un limpide cristal plaît à l'âme rêveuse.
Eloignés des sentiers nouvellement battus,
Méditez à loisir nos antiques vertus.
La source du sublime, ouverte pour le sage,
A l'œil de l'insensé dérobe son passage.
Allez vous recueillir aux grottes du Cédron ;
Faites gémir l'écho des collines d'Hébron :
Sous les feux du Liban, sous le ciel d'Ausonie,
Partout on reconnaît les accents du génie.

SEPTIÈME POLÉMIQUE.

Portraits :

*Clarorum virorum facta moresque pos-
teris tradere antiquitùs usitatum.*
(TACITE.)

Dès la plus haute antiquité on s'est fait
un devoir de transmettre à la postérité les
actions et le caractère des hommes illustres.

Du Français.

Fils aîné de l'Église et de l'antiquité,
Sage par son instinct, fou par frivolité,
Romain par le génie et Grec par caractère,
Appelant de ses vœux les périls et la guerre,
Aussi fier du succès que sensible au revers,
Le neveu du Gaulois s'agite dans les fers.
Impatient du joug, le calme l'épouvante,
Il provoque le trouble, appelle la tourmente,
Et, comme ce vaisseau privé de gouvernail,
Au choc des passions présente le poitrail.
Elevé sur la vague ou voisin de l'abîme,
Il flotte insouciant vers les écueils du crime.

Aimant jusqu'à l'excès les funestes discords,
Il fait le bien sans goût et le mal sans remords.
Oublieux des vertus aussi bien que des vices,
Il n'attache aucun prix à ses nobles services.
Intrépide, volage ou timide à l'excès,
Son courage succombe aux loisirs de la paix.
Mais lorsque la trompette a sonné les alarmes,
Il ressaisit le glaive et tout cède à ses armes.
Au retour des combats, railleur et plein d'orgueil,
Il jette sur la terre un dédaigneux coup-d'œil;
Son esprit novateur entrevoit la lumière,
Et retombe ébloui dans l'ombre routinière.
Aveuglé sur son compte, il nargue les humains:
Tout ce qui n'est pas lui provoque ses dédains.
Seul et dans ses foyers, il est le plus aimable,
Et des hommes ailleurs le plus insupportable.
Aujourd'hui, c'est un être aussi doux que l'agneau;
Demain, c'est un vrai tigre, un barbare, un bourreau.

Je l'ai vu dans ces temps d'odieuse mémoire,
Où libre de tout frein, il poursuivait la gloire.
Assemblage inoui d'opprobre et de grandeur,
De nobles sentiments, d'implacable fureur,
De crimes, de vertus, de faiblesse et d'audace,
A l'éclat du tonnerre opposant la menace,
La tête dans le ciel, le pied dans les enfers,
Il touchait aux deux points de ce vaste univers;
Et, dans ces vœux hardis, portant tout à l'extrême,
Etonnait les mortels en s'étonnant lui-même.

A présent qu'un orage a changé ses destins,
Que plus calme il jouit de l'œuvre de ses mains

Loin de se rattacher aux vérités morales,
Il invite l'Europe à de nouveaux scandales,
Et, propageant partout ses modernes erreurs,
D'une fausse doctrine empoisonne les cœurs.
Tel était sur les bancs ce grand peuple d'Athène,
Alors que fulminait la voix de Démosthène,
Et que dans le Pirée abordaient les vaisseaux
Qui devaient le livrer à des maîtres nouveaux.
Tel encore, à cette heure, est le Français volage.
Après tant de leçons, s'il voulait être sage,
Ainsi que ces mortels qu'on nomme demi-dieux,
Il ferait même envie aux habitants des cieux.

Du Sot.

Un sot peut se connaître à son ton incisif;
Il rit sans être gai, se fâche sans motif,
Admire sans connaître et parle sans rien dire,
Au moindre petit bruit suppose qu'on l'admire,
Discute sans raison ou se fie aux discours;
Ce qu'il ne comprend pas il l'explique toujours,
Interroge sur tout, quoique rien ne le touche,
A propos de bibus ouvre et ferme la bouche,
Enfin, pour n'être pas vain et dupe à demi,
Ne sait pas discerner l'ami de l'ennemi.

Du Sophiste.

Suivez dans ses travaux le sophiste célèbre ;
Il décompose tout, soumet tout à l'algèbre.
Cherche-t-il à créer, quel que soit son effort,
Il ne pourra jamais enfanter que la mort.
A quoi donc peut servir cette philosophie ?
A chercher l'évidence et trouver la folie.
O délire de l'homme! ambitieux et vain,
A l'arbre de science il touche et meurt soudain....
Plus heureux mille fois l'être simple et modeste
Observant dans la plante un principe céleste,
Allant de l'arbre à l'homme, et de l'homme à son Dieu,
Laissant avec respect chaque chose en son lieu !
Celui-là, riche en œuvre et pauvre de grimoire,
Au jour du jugement brillera dans la gloire.

Le Poète et le Grammairien.

Parallèle.

On peut être à la fois sec et grammairien,
Juger tout sainement et ne produire rien.

Le poète sublime, assuré de nous plaire,
Offense quelquefois sa langue et la grammaire.
A l'un il faut l'étude et les secours de l'art,
A l'autre du génie et des règles à part.
L'un consulte ses yeux plutôt que son oreille,
Et l'autre, dans son vol, prend l'essor de l'abeille;
Il butine partout, suce les moindres fleurs,
Et compose son miel de toutes les douceurs.
Le premier veut des points, des phrases cadencées,
Le second, de l'éclat, de brillantes pensées.
A celui-ci des mots dans leur ordre établis,
A celui-là du nerf et des sons ennoblis.
Tous deux font des efforts pour atteindre la gloire,
Avec un soin égal préparent leur victoire;
Et tandis qu'à des riens l'un arrête ses yeux,
L'autre, moins susceptible, est déjà dans les cieux.
    La phrase la plus juste et la mieux cadencée,
En fatiguant l'esprit, affaiblit la pensée.
Il faut pour le cristal un entourage d'or,
Mais le vrai diamant brille sans le décor.
On nuit à la beauté par l'excès de parure.
Au luxe, en fait d'écrits, donnez une mesure.
Un heureux épisode embellit le tableau;
S'il y tient trop de place, il nous paraît moins beau.
L'art des digressions poussé jusqu'à l'extrême,
Au lieu de l'animer, fait languir le poème.
Appliquez à vos vers les préceptes du goût:
Qui vise à dire bien ne doit pas dire tout.

HUITIÈME POLÉMIQUE.

Baptême d'un Fils de France.

Hic interim liber, honori Agricolæ destinatus,
professione pietatis aut laudatus erit, aut
excusatus. (Tacite.)

En attendant, ce livre, destiné à honorer Agri-
cola, se recommande à l'éloge ou à l'indulgence
par le sentiment qui l'a dicté.

L'airain du vieux clocher frémit sous le marteau.
Le Pasteur archevêque appelle son troupeau.
　Quel est donc ce trésor qu'un voile brillant couvre,
Et qui vient de franchir les barrières du Louvre ?
　Espérance du trône et des jours à venir,
Présent consolateur que le ciel va bénir,
Un rejeton des Lys, sous l'étoffe pourprée,
Aborde radieux la fontaine sacrée.
　Debout sur le parvis, les fils du Béarnais
Contemplent ce neveu du roi cher aux Français.
Tout un peuple à genoux attend dans le silence,
Et le saint patriarche à pas graves s'avance.

Il répand sur le front de ce preux nouveau-né
Le flot de la piscine où l'homme est pardonné.
Le parrain solidaire offre sa garantie ;
Un pacte solennel est juré sur la vie ,
Et l'enfer subjugué recule de terreur
A l'aspect de l'élu qu'adopta le Seigneur.

Mais déjà sous le pied de la troupe joyeuse
A retentit l'écho de la voûte pieuse.
Un doux frémissement porte jusqu'aux autels
Et l'espoir de famille et les vœux des mortels.

Sous le dôme sacré, la voix du bronze antique
A redit lentement sa parole mystique.
Un grand bruit de louange, élevé jusqu'aux cieux,
S'unit aux graves sons du chant religieux.
Le canon du rempart, vieux calibre de guerre,
Fulmine les cent coups de son bruyant tonnerre.
Un murmure confus s'élève dans Paris,
Et les pleurs de la France un instant sont taris.

Cependant sous le dais de sa couche ducale ,
Un ange entend vibrer la cloche baptismale.
Attentive à l'écho de ce concert lointain,
La veuve ouvre l'oreille au murmure argentin,
Calcule par des sons le retour du cortège,
Et brûle de revoir l'enfant qu'un Dieu protège.

Il arrive ; il est là. Quel triste souvenir
Ne viendrait se noyer dans ce noble avenir;
Les pleurs que fit jaillir une douleur amère
Ont tari sous le feu de l'amour d'une mère.
O femme ! les devoirs que ce jour te prescrit
Devraient seuls désormais occuper ton esprit...

En effet, saisissant cette fleur d'innocence,
Elle fait un appel au vieil honneur de France,
Invoque le martyr qui mourut son époux,
Et sourit à l'espoir d'un avenir plus doux.
   « Rassure-toi, dit-elle, ange né d'un orage,
 » Il te reste une barque au moment du naufrage;
 » Elle s'élancera pour te conduire au port.
 » Mais que peut le bras faible en lutte avec le fort?..
 » Puisse, au gré de mes vœux, le Dieu de tes ancêtres
 » Arrêter dans son cours l'ambition des traîtres,
 » Ou du moins te sauver, innocent comme Abel,
 » De l'exil des Bourbons et du fer d'un Louvel! »
   A cet accent du cœur, les puissants de la terre
Ont d'un triple vivat salué cette mère.
Au royal orphelin tous ont donné leur foi ;
Tous, attestant l'honneur, ont... Quel soudain effroi
S'imprime sur le front de la veuve éplorée?
O douleur! étendu sur la couche dorée,
Un enfant jette un cri. Présage de malheurs,
Ce cri qui se prolonge a déchiré les cœurs.
Trois fois un œil de mère observe le prodige,
Et trois fois cette fleur a pâli sur sa tige.
Hélas! que deviendra l'espoir des jours de deuil?
La planche du salut serait-elle un cercueil ?
   Ranime ton courage, héroïque princesse :
Il est un Dieu puissant qui soutient la faiblesse.
Aux veuves des martyrs il accorde par fois
Un secours que son bras refuse aux méchants rois.
L'homme qui vit de peu s'élève dans les larmes ;
Mais au jour du combat le Saint bénit ses armes.

Envisage Saül chassant dans les déserts
Celui qui le charmait par de pieux concerts,
Qui frappait Goliath abattu sous la fronde,
Et vengeait le Très-Haut d'une vaine faconde ;
Vois encor ce David, la gloire d'Israël,
Prenant l'anneau royal des mains de Samuël ;
Vois Joas arraché des murs de Béthulie,
Et déjouant plus tard les complots d'Athalie ;
Interroge le livre où gît la vérité ;
Songe que ce n'est pas dans la prospérité,
Dans les illusions des heureux de la terre
Que brille des vertus le noble caractère.

   Un jour, peut-être, un jour (puissé-je me tromper!)
L'ange des noirs complots viendra pour te frapper.
Le vieux jacobinisme, indigné de sa chute,
Au sein des corps élus renouvelle sa lutte ;
Un esprit de vertige a rugi sourdement,
Et l'attentat d'un monstre est encore flagrant.
Mais si, comme autrefois, une aveugle furie
Agitait quelque jour le sein de ta patrie ;
Arrivé ce malheur, fuis et rappelle-toi
Que le Roi dans l'exil n'en est pas moins le Roi.

NEUVIÈME POLÉMIQUE.

Stances Dithyrambiques.

Au Gouvernement provisoire de février 1848.

Au sommet de la roche antique
Où Moïse grava ses lois,
Une parole prophétique
Incisait l'oreille des rois.
Pareil au bruit confus précurseur du tonnerre,
Un nouveau cri de liberté
Signale aux souverains qu'ostracise la terre
Un trône souvent déserté.

Voyez ce roi que Dieu châtie,
Qui, dans le linceul du mépris,
Jette à l'exil sa dynastie
Et fuit les pavés de Paris.
Sa morgue princière en vain s'est avilie.
Comme l'insecte il a rampé ;
Mais, tombé du sommet, il regorge la lie
Où son orgueil se vit trempé.

Ainsi la branche parasite
Ira couvrir de ses débris
La terre où l'Anglais chattemite
Imprima son vieux coloris.
L'arbre dont le Seigneur avait courbé la tige,
Au jour dit, se relèvera ;
Mais le gourmand, tombé sous l'effort du vertige,
Jamais ne se ravivera.

Heureux qui, dans son humble asile,
Est à l'abri des aquilons !
Qui n'a pas, d'une main hostile,
Arraché l'or à ses filons !
Toujours l'ambitieux paie au malheur sa dîme.
Emporté par le vent du nord,
Quand l'orgueilleux vaisseau dans le gouffre s'abîme,
L'humble nacelle arrive au bord.

O que l'éternelle sagesse
Est redoutable en ses arrêts !
Trouve donc, humaine faiblesse,
Un bouclier contre ses traits !
Vers l'horizon brumeux quand le Très-Haut fulmine,
Israël est en désarroi ;
Tout s'étonne, et le front que sa grâce illumine
Est lui-même pâle d'effroi.

L'impiété, par le blasphème,
En vain s'élève contre lui,
Dieu, sous le poids de l'anathème,
Ecrase le terrestre appui.
Mais quand le repentir enchaîne la colère,
Il se plaît à sourire encor :
Sa facile bonté ne demande à la terre
Qu'un sacrifice du veau d'or.

Si l'insensé, dans son délire,
Ose méconnaître sa main ;
Si, fier d'un ridicule empire,
Il se drape, vil souverain,
Loin d'irriter la grâce en déniant sa source,
(Heureux dans mon humilité),
Je bornerai ma gloire à saisir la ressource
Offerte à ma fragilité.

Soit que, dans sa miséricorde,
Il m'entoure de sa faveur ;
Soit qu'il me refuse ou m'accorde,
Ma voix bénira le Seigneur.
Que suis-je devant lui ? ce qu'est le grain de sable
En face du mont sourcilleux,
Ce qu'est le petit souffle au souffle redoutable
Qui brise le cèdre orgueilleux.

L'homme tiré de la poussière
En vain méconnaît son néant :
La lueur n'est pas la lumière,
Le fœtus n'est pas le géant.
L'atôme, que la brise emporte dans le vide,
Echappe aux recherches de l'œil,
Et le pygmée assis, toisant la pyramide,
Reste enfoui dans son orgueil.

Pourquoi donc ces chants de victoire
Où les émeutes font chorus?
Pourquoi ces vieux rêves de gloire
Empruntés à Thomas Morus?
Sommes-nous condamnés à vivre d'utopies?
Et le maître, dans sa fureur,
Ne peut-il pas livrer au souffle des harpies
Un gala farci de terreur?

En vain le républicanisme
Ensanglanta le sol Français :
Le désordre et le vrai civisme
Ne sympathiseront jamais.
L'égalité de fait, ailleurs que dans la tombe,
Est un leurre pour le badeau :
Le riche, quand le pauvre à la tâche succombe,
Ira-t-il porter son fardeau ?

Ce gourmet, dont l'art culinaire
A peine contenta les goûts,
Réduira-t-il son ordinaire
A nos insipides ragoûts?
Le brouet qu'autrefois prisait Lacédémone,
A l'œil du fastueux dandy,
Vaudra-t-il le bégnet que l'artiste assaisonne
D'orange et de sucre candi?

Pourquoi forcer notre nature:
Un vieux banquet de liberté,
S'il nous infligeait la torture,
Avant peu serait déserté.
Français, fraternisons; mais, crainte de méprise,
Evitons l'abus de ce mot:
L'ardente charité que nous prêche l'Église
N'est pas la fille de l'argot.

Platon visant, d'après Socrate,
Au meilleur des gouvernements,
Abandonnait le démocrate
A ses mobiles errements.
Des pouvoirs pondérés le constant équilibre
Epurait ses dogmes nouveaux.
Lui seul avait compris le Dieu que sa main libre
Associait à ses travaux.

Des rêves de démocratie,
Ainsi que lui désabusé,
Je ne vois pas que le Messie,
Au temps jadis, en ait usé.
Le tribut qu'à César il ordonnait de rendre
Est un argument des plus forts ;
Et sa divinité ne saurait nous défendre
Ce qu'elle prescrivait alors.

Partout sa charité s'explique.
Elle nous dit : vivez unis ;
Mais ces mots : trône, république,
De ses préceptes sont bannis.
Dans le régime outré, dont le présent se berce,
Ainsi qu'à l'écumeur de mer,
Il ne faut à l'État, ni beaux-arts, ni commerce :
Il ne demande que du fer.

Lorsque, parmi nous, l'industrie
Arrive au terme du progrès ;
Quand des hochets de la patrie
Un luxe inoui fait les frais,
Jeter un édifice au terrain qui s'écroule,
C'est se perdre dans l'infini ;
C'est vouloir commencer, pour complaire à la foule,
Par où les autres ont fini.

Le principe démocratique,
En l'absence du point d'honneur,
Est trop souvent, dans la pratique,
Offensif à notre bonheur.
Lorsqu'un peuple égaré, que ce mot préoccupe,
Change la face des états,
L'homme de bonne foi n'est qu'un sot toujours dupe,
Les autres que des scélérats.

La liberté, d'après le sage,
Est le bienfait des bonnes lois :
Tout dépend du modeste usage
Qu'en font les tribuns ou les rois.
Prions que l'équité règne enfin sur la terre,
Etouffons le germe abusif;
Mais que le rouge acier du sanglant cimeterre
En son fourreau demeure oisif.

De quelque nom qu'on les décore,
Il faut des chefs pour gouverner;
Mais le pouvoir qu'on déshonore
A d'autres peut se décerner.
Sous un prince avili, qu'égare sa folie,
Dès que le pacte est méconnu,
Des mutuels serments par lesquels il se lie
Un grand peuple n'est pas tenu.

De là ce droit de représailles
Acquis au sujet opprimé ;
De là ces tristes funérailles
Où l'anathème est imprimé.
Gémissons, car le fruit de la guerre intestine
Est encor loin d'être un fruit mûr.
Des chances d'avenir que le ciel nous destine
Quel homme pourrait être sûr ?

Dieu seul est grand, dit le prophète,
Humilions-nous devant lui.
Tout peuple frappé dans sa tête
A besoin d'un solide appui.
Si dans les résultats promis par la victoire
On voit germer notre bonheur ;
Si Février nous lègue une immortelle gloire,
A lui seul en sera l'honneur.

Gardons-nous des excès coupables
Où se portèrent nos ayeux :
Leurs fautes sont toujours palpables,
Leurs crimes toujours odieux.
L'abus des libertés, source des grandes haines,
Engendre les réactions :
Nous aurions, mais en vain, cent fois brisé nos chaînes
S'il nous restait des factions.

Rallions-nous avec franchise
Au gouvernement proclamé :
L'amour qui survit à la crise
Est toujours le plus enflammé.
L'ivresse du succès enfante le sarcasme :
Un vainqueur se croit tout permis ;
Mais, après les écarts d'un fol enthousiasme,
Les sages sont toujours amis.

Vous que la voix d'un peuple libre
Appelle à régler ses destins,
N'oubliez pas que l'équilibre
Est la tendance des bassins.
Que le vœu général, sous les grêles d'intrigues,
Ne puisse jamais se glacer.
Mettez les citoyens en dehors de nos brigues,
Et qu'ils votent sans déplacer.

Gardez que, la boule jetée,
On puisse arguer contre vous
D'une sentence qui, dictée,
Ne serait pas le vœu de tous.
Le sens de la patrie est vivant dans les masses :
Il doit surgir d'un libre élan.
Tout signe répulsif ferait des contumaces,
Et mettrait le vote à l'encan.

Réprimez l'avide bassesse
Empruntée aux vils courtisans;
Récompensez avec largesse
Et le mérite et les talents.
Dans la crise d'État qui pourrait se survivre,
Au lieu des modernes Brutus,
Appelez près de vous le sage qui se livre
Aux travaux de Cincinnatus.

Faites cesser le privilége
Et respecter le vieil honneur:
L'État qui toujours la protège
Est protégé par la valeur.
L'aiguillon du courage est dans la récompense;
Un péril noblement bravé,
Sur le sein glorieux, comme un droit qui compense,
A jamais doit être gravé.

Des fardeaux que le despotisme
Assume sur le monde entier
Déchargez le pauvre civisme
Engourdi près de son chantier.
Rendez l'âme au commerce, à notre agriculture,
A la glèbe ainsi qu'aux beaux-arts:
Dans les prévisions d'une grandeur future,
Tous ont droit à d'égales parts.

Non que je veuille, dans mes rimes,
Imposer cette égalité
Qui fut la source de nos crimes
Ou mieux de la fatalité.
La voix qui des grands biens rugissait le partage
A peu de retentissement ;
Demandons à la loi le commun avantage
Et non l'anéantissement.

Quoi que persuade à la France
Un axiôme concerté,
L'homme est plus mûr pour la licence
Qu'il ne l'est pour la liberté.
Le monstre qu'endormit le bras de la victoire,
Est encore plein de vigueur,
Et les vieux souvenirs de nos lustres de gloire
Impliquent ceux de la Terreur.

Après la triste expérience
A laquelle Dieu nous soumit,
Le sage, plein de méfiance,
Au lieu de triompher, gémit.
L'anarchique fureur, que l'imprudence éveille,
Est à l'affut du genre humain.
A ce jour nébuleux, fier du bruit de la veille,
Elaborez un lendemain.

Puisque la Charte violée
Ne prête pas force à la loi,
Que la puissance emmuselée
Soit réduite à garder sa foi;
Contre les gouvernants que l'orgueil peut séduire,
Ou que l'erreur peut égarer,
Elevez un rempart difficile à détruire,
Et qu'un jour puisse réparer.

Dieu qui frappe au cœur un empire,
A son gré peut le rétablir :
La fièvre, d'où naît le délire,
Après la crise peut faiblir.
D'un retour monarchique, impossible à cette heure,
Il peut doter l'heure du soir.
Si l'ange dépouillé revoyait sa demeure,
Offrez un phare à son devoir.

En tout temps, comme aux jours de trouble,
Imbu des devoirs d'un auteur,
J'ai flétri d'une honte double
Le despotisme usurpateur.
Mon zèle indépendant, cuirassé de dilemme
Et fort de ses intentions
Va, par la foi du cœur, résoudre le problème,
Écueil de nos réactions.

Je pense qu'un chef légitime,
Illuminé par nos progrès,
Comme ce Pape qu'on estime,
Aurait d'infaillibles succès.
Des formes de régir, la représentative
Est la meilleure, selon moi :
L'ardente royauté, sous la main restrictive,
A moins de force que la loi.

Je soutiens que la déchéance,
Opposée à l'ambition,
Serait un frein à la puissance,
Une borne à son action.
En effet, le mandat rend le porteur comptable;
Or, celui qui l'a consenti
Peut toujours retirer au délégué coupable,
Un pouvoir dont il l'a nanti.

Mais du sang cher à la patrie
Un usage, en forme de loi,
Veut que la source soit tarie
Avant d'élire un nouveau roi.
Charlemagne et ses fils disparus de la terre,
On vit, par d'augustes décrets,
Nos États imprimer le royal caractère
A la puissance des Capets.

Ajoutons que, dans l'équilibre
Où les trônes sont balancés,
Les vieux élus d'un peuple libre
Ont des résultats plus sensés.
L'unité d'action leur donne cette force
Inconnue à l'usurpateur ;
Et , dans le cas flagrant d'un possible divorce,
Ils ont le ciel pour protecteur.

Recourez donc à ses lumières :
Elles seules , dans ce chaos,
Peuvent à l'homme des chaumières
Imprimer l'amour du repos.
Trop longtemps nos discords armèrent sa justice:
Après tant de calculs déçus ,
Les signes de courroux qu'il jette à la malice
Passeraient-ils inaperçus ?

Allez, sous les voûtes du temple,
Aux pieds des autels désertés,
Inaugurer par votre exemple
Un asile à nos libertés.
Dieu, si la voix du peuple offre un saint caractère,
Ne s'offense pas d'un désir.
Il veut de bons pasteurs, mais il laisse à la terre
La faculté de les choisir.

Votre République épurée
Est un des rêves les plus doux.
Je ne crois pas à sa durée,
Mais je l'adopte comme vous.
Si de ses résultats nul ne tombe victime,
Je célébrerai vos succès:
Pour garder foi loyale au pouvoir légitime,
Un cœur droit n'est pas moins français.

Né sous l'influence du trône,
Oublié de tous les partis,
Je n'ai pas vu ces droits qu'on prône
Un seul instant bien répartis.
Puisse la douce vierge, au céleste entourage,
Endormir le courroux du Fort!
Et puisse le vaisseau, mutilé par l'orage,
Arriver doucement au port!

La confiance provisoire
Acquise à ce bruyant début
N'est qu'une justice illusoire,
Si vous n'atteignez votre but.
Les mobiles esprits, que le changement touche,
Ont devancé le cours des temps;
Mais moi, dont le passé ferme encore la bouche,
Je ne prononce pas, j'attends.

DIXIÈME POLÉMIQUE.

La Tour de Babel.

Au Gouvernement Provisoire d'avril 1848.

Oculos habent, et non videbunt. (DAVID.)

Aux chances du déluge échappés par miracle,
    Heureux d'un lointain souriant,
Plusieurs fils de Noé, sur la foi d'un oracle,
    Etaient partis de l'orient.
Tout près de Sennaard, leur troupe vagabonde
    Eut quelques moments de repos,
Et dans le fol espoir d'équilibrer le monde,
    Exhala ce brûlant propos :

« D'où vient que nos pasteurs s'arrogent la puissance?
    Héritiers d'un père commun,
Tous doivent être égaux : l'aveugle obéissance
    Est un précepte inopportun.
La raison de nature, en tout temps progressive,
    Autrefois dévorait le frein ;
Dépouillé de son droit par la force oppressive,
    L'homme n'est pas moins souverain.

» Pourquoi donc se courber sous la verge inhumaine?
    Etre soumis c'est s'avilir.
La liberté fait l'homme ; elle est son vrai domaine,
    Essayons de la conquérir ;
Brisons l'anneau de fer œuvre du despotisme ;
    Emancipons le monde entier :
La tyrannique voix qui prêchait l'égoïsme
    Expirera sous le chantier.

» Par delà le niveau qu'atteignit le fluide
    Elevons une haute tour,
Et sur un fondement désormais plus solide
    Etablissons l'œuvre du jour.
La veille, fut aux rois ; le lendemain nous reste ;
    Employons ce temps précieux ,
Et que l'ère à venir , sous l'influence agreste,
    Au monde libre ouvre les yeux.

» Tandis que notre esprit vers sa source remonte ,
    Epars sur ce vaste univers ,
Les peuples asservis gémissent dans la honte :
    Affranchissons-les de leurs fers.
Notre nom glorieux, célébré d'âge en âge ,
    Ira dans les siècles futurs
Attester que l'horreur d'un passif esclavage
    A pris naissance dans nos murs.

Ainsi, dans son transport, cette foule insensée
    Allait se briser vers l'écueil.
Dieu qui, du haut des cieux, épiait sa pensée,
    Eut pitié de ce vil orgueil.
Sans les anéantir, confondons leur langage,
    Dit le Seigneur à ses élus;
Et ce peuple si vain, bruyant comme un orage,
    Aussitôt ne s'entendit plus.

La tour se dégageait de ses premiers pilastres,
    Au bruit confus du sens mortel.
Ce travail, qui d'abord épouvantait les astres,
    Emprunta le nom de Babel.
Dispersés à l'instant, ces hommes de science
    Allèrent rêver d'autres biens,
Et le jeune Abraham, sacré par l'alliance,
    Eut l'autorité sur les siens.

Longtemps ce patriarche, ami du sacerdoce,
    Exerça le pouvoir des Rois;
Longtemps le bras du Fort dans ce rayon précoce
    Enferma le germe des lois.
Plus tard, s'ouvrant à lui, Dieu menaça Sodome.
    « Oui, lui dit l'esprit des esprits,
Je viendrai, je verrai si l'œuvre de l'atôme
    Est en rapport avec ses cris.

» De ses iniquités mesurant l'étendue,
  On me verra, la toise en main,
Faire une juste part de la vengeance due
  Aux malices du cœur humain.
Alors, foulant du pied cette ville superbe,
  Un ange brisera ses tours,
Et leurs débris fumants, sous le sol vêtu d'herbe,
  Iront s'enfouir pour toujours. »

Seigneur, dit Abraham, je ne suis que poussière;
  Un grain de sable est plus que moi.
Daignerez-vous jeter un rayon de lumière
  Au doute qui naît de ma foi?
Le juste qui vous sert, frappé comme l'impie,
  Aura-t-il agi vainement?
Confondrez-vous une eau dans la vase croupie
  Avec l'eau claire du torrent?

Si parmi les horreurs dont Sodome est souillée
  On voit surgir quelques vertus,
Le fidèle debout, la vierge agenouillée,
  Expireront-ils abattus?
Non. De vos jugements l'équité me rassure.
  Infaillible dans ses arrêts,
Votre bras irrité, s'il trouve une âme pure,
  Aussitôt n'aura plus de traits.

Dieu, qui dans sa pensée approuvait ce langage,
    En souriant lui prit la main.
Je chercherai, dit-il, et si je trouve un sage,
    Il sauvera le genre humain.
Le juste répondit : l'homme dans sa faiblesse
    Est moins que l'ombre de vos pieds.
Qui pourrait ici bas prétendre à la sagesse,
    A moins que vous ne la donniez ?

L'être simple de cœur, dit le souverain juge,
    Est assuré de mon amour.
L'alcyon qui de moi sollicite un refuge,
    Echappe aux serres du vautour.
C'est pourquoi, sur le point d'assouvir ma colère,
    On verra fléchir ce courroux.
J'enverrai mon élu pour éclairer la terre,
    Et cet élu naîtra de vous.

Plus puissant que les rois, celui que je réserve
    Aura le pas sur les héros.
Je veux que l'univers à deux genoux le serve,
    Et qu'il domine le chaos.
Quiconque, dans le temps, maudira sa venue,
    A son tour se verra maudit.
Le foudre que ma main confiait à la nue
    Accomplira ce que j'ai dit.

Les siècles passeront, et la folie humaine,
    Ainsi qu'eux, s'accumulera;
Mais, la mesure comble, un souffle de ma haine
    Aussitôt la décomblera.
L'essaim qui bourdonnait, fier de sa multitude,
    Ira se perdre dans les airs,
Et la ruche souillée, en sa décrépitude,
    Infectera ses fruits amers.

Malheur à toi Sodome! A toi ville adultère!
    A toi l'épouse sans pudeur!
A toi prostituée aux rebuts de la terre,
    Et sans amour comme sans cœur !
Mes anges briseront les nœuds de ta parure;
    Ils renverseront tes palais,
Et l'or de ces lambris, témoins de ta luxure,
    Aura disparu pour jamais.

Dans le temps arrivé, la voix de mes prophètes
    Annoncera d'autres malheurs.
A l'orient, troublé par le vent des tempêtes,
    On entendra des cris vengeurs.
Mon bras contre les rois soulèvera la terre;
    Ils seront tour-à-tour bannis.
Plus tard, je briserai l'instrument de colère,
    Et les méchants seront punis.

Ceux qui, dans leur orgueil, ne voulaient point de maîtres,
    Auront leurs frères pour tyrans.
Je confondrai la langue, et le jargon des traîtres
    Mettra le trouble dans leurs rangs.
Pour vous qui, d'un pied sûr, marchez dans la justice,
    A qui mes préceptes sont doux,
Je vous garantirai des œuvres de malice
    Et du mal vouloir des jaloux.

Des fils vous survivront qui, pleins de confiance,
    Au lieu même de leur exil,
Garderont saintement la nouvelle alliance,
    Emportée aux rives du Nil.
Réduits en servitude, ils pétriront l'argile;
    Ils seront voués aux tourments;
Mais sur leurs oppresseurs ma colère fébrile
    Exercera ses jugements.

Des signes de courroux, lancés parmi les astres,
    Eclateront vers l'équateur.
A l'impie obstiné, comme un sceau de désastres,
    Apparaîtra le Créateur.
Alors, purifiés et comblés de richesses,
    Vos fils franchiront les déserts;
Alors s'accomplira l'effet de mes promesses,
    Et les flots leur seront ouverts.

Mais, si l'ingratitude éclate sous leurs tentes,
    Ou s'ils font la part à mes oints,
L'Ange décimera leurs tribus insolentes,
    Et les faisceaux seront disjoints.
Tout leur corps, purulent comme une herbe qu'on fane,
    Infectera l'air des vallons,
Et l'aigle, au bec royal, qui sur les hauteurs plane,
    En assouvira ses aiglons.

Trop justement punis de leur folle entreprise,
    Ils périront par les combats.
Je les éloignerai de la terre promise,
    Et leurs yeux ne la verront pas;
Leurs enfants, plus soumis, auront seuls cette joie.
    Heureux qui, poussé vers le but,
Aura mis son bonheur à marcher dans ma voie!
    Il dit, et soudain disparut....

De ces enseignements, conservés d'âge en âge,
    Un grand principe est résulté :
C'est qu'avant de répondre à la voix de l'orage,
    Il faut s'être bien consulté.
Moi, que de longs malheurs froissent plus que les autres,
    Et qui du passé juge mieux,
A ceux qui du présent se disent les apôtres,
    En rimant, j'ouvrirai les yeux.

Quand la tourbe rugit sous le mât de Cocagne,
        On voit se remuer les chefs :
Car la tour de Babel, ainsi que la montagne,
        Accouche alors de tous ses plis.
Mais ce premier essai, qui soulève le voile,
        Aux vérités donne l'éveil,
Et la main qui retire à la nuit son étoile,
        Au jour suivant jette un soleil.

Que le crédit public, tari jusqu'en sa source,
        Arrive sec à l'atelier ;
Que le spéculateur, dénué de ressource,
        Mette la clef sous l'escalier ;
Comment le travailleur, dans sa misère oisive,
        Aurait-il un droit souverain,
Tandisqu'au seuil rural, sa majesté plaintive
        Attendrait le morceau de pain ?

Ne concevez-vous pas que le sort du manœuvre
        A celui du riche est lié ?
Qu'au pied du vieux donjon, miné par la couleuvre,
        L'insecte est domicilié ?
Que sert d'intervertir l'ordre de la nature ?
        Après tant de calamités,
Ces rangs que sans pudeur efface la roture,
        Auront toujours leurs sommités.

Faire abus de ses droits pour envahir les nôu
    Est d'un esprit mal avisé :
Celui qui s'enrichit des dépouilles des autres
    A son tour est dévalisé.
L'appât républicain, pour qui n'y veut pas mordre,
    Est un hameçon de badaud ;
Tout retentissement des ennemis de l'ordre
    Expire aux marches du tréteau.

Toutefois, lorsque l'hydre, hostilement dressée,
    Eveille un triste souvenir,
Que voit-on sur les murs, où la foule empressée
    Interroge son avenir ?
Des placards burinés par le glaive anarchique,
    Un sophisme empreint de fureur,
Une fièvre émeutière à renvoi monarchique,
    A frisson de vieille terreur.

Vous dites : l'union prête au faisceau la force,
    Et vous cherchez à diviser.
Vous ne devinez pas l'effet de ce divorce,
    Il faut donc le prophétiser.
L'arbre de liberté, sous la main du vulgaire,
    Est comme l'œuvre des Titans :
Planté dans le fumier, sans mélange de terre,
    Il sèche et ne vit pas longtemps.

Le pacte social, qu'un jour vient de détruire,
    Est palpitant sous ses débris.
Selon moi, qui renverse est tenu de construire,
    A peine de manquer d'abris.
Néanmoins, dans le trouble où ce conflit nous jette,
    Ambitieux d'un résultat,
Je veux que la prudence, à l'œuvre qu'on projette,
    Appose le sceau de l'État.

Consulter le petit, quand son bonheur l'exige,
    Est digne d'un législateur;
Mais hisser les rameaux au-dessus de la tige,
    A mes yeux, serait une erreur.
Dans les rangs élevés, qu'un Rollin ostracise,
    Il existe de vrais talents;
Et les capacités, rebuts de la sottise,
    Ont aussi de nobles élans.

J'ai vu des comités, frelons du grand collége,
    Elaguer les hommes de bien
Pour donner leur baptême au nouveau privilège
    Acquis au fougueux citoyen.
J'ai vu des nullités, au prix de leur délire,
    Acheter un crasseux mandat;
Et vous, gens en crédit, je vous ai vus sourire
    A ce mercantile attentat.

Suivant votre pensée, il ne faut à la terre,
    Au lieu de sages, que des fous:
Ceux que l'expérience initie au mystère
    Ont trop de calme, selon vous.
N'est-ce donc pas assez des flagrantes émeutes,
    Auxquelles vous ne pouvez rien?
Le monstre qui rugit dans les rangs de vos meutes,
    Est-il déchaîné pour le bien?

Croyez-moi; loin de faire un appel à nos haines,
    Etouffez leurs germes cachés;
Du sang qu'ont répandu les mains républicaines
    Nos drapeaux sont encor tachés.
Les signes répulsifs jetés à la richesse,
    Aux vivantes convictions,
Ne peuvent que fournir à l'humaine faiblesse
    Un ferment de réactions.

Qu'importent les couleurs, pourvu qu'on soit honnête!
    Offert à notre libre choix,
Quiconque à son bon sens joint une bonne tête,
    Est digne d'élever la voix.
De plusieurs éléments l'univers se compose;
    Un Dieu les soumit à l'accord.
En un cas tout pareil, faites la même chose,
    Et la barque atteindra le bord.

Mais vous me soutenez que la guerre intestine
    Assurera notre bonheur ;
Que les rêves pompeux de l'ange Lamartine
    Ont purgé notre vile erreur.
Oubliez-vous sitôt les tristes conséquences
    Auxquelles nous fûmes soumis?
Le cœur républicain n'a-t-il plus ses vengeances,
    Et le désordre ses amis?

Lorsque le grand vautour, aux ailes étendues,
    A jeté ses cris assassins,
La poule, qui couvait les semences pondues,
    Assemble ses jeunes poussins.
L'amour qu'elle a pour eux, immuable, sincère,
    Agit sans préjugés secrets ;
Et, dans un droit commun, sa justice de mère
    Enferme tous leurs intérêts.

L'émeute, sous l'effet du zèle qui repousse,
    Aura-t-elle un domaine à part ?
Marâtre pour les uns, pour les autres plus douce,
    Fera-t-elle une injuste part?
Insensés! l'obélisque, attaqué dans sa base,
    Apporte un trouble à vos abris ;
Et les humbles tombeaux, que son granit écrase,
    Disparaissent sous ses débris.

Mais, dans l'état d'ivresse où vous met la victoire,
    Aveuglés sur les maux présents,
Vous lancez les arrêts du moderne prétoire
    Au foyer des honnêtes gens.
Dictateurs financiers, vous dévalisez l'aire
    Où se bat notre peu de bien;
Et vous assimilez le décret temporaire,
    Au pillage des gens de rien.

Qu'aurez-vous obtenu par ces grandes mesures?...
    On se bat dans les carrefours;
Le riche se dérobe au torrent des injures,
    Et le pauvre meurt sans secours;
L'esprit qui se fiait à l'esprit de révolte,
    En un jour est désabusé;
Vous frappez d'un impôt la classe qui récolte,
    Et l'impôt vous est refusé.

L'artisan montagnard, muni de sa besace,
    Assiège la plaine aux abois;
Sa bouche, d'où s'échappe une ardente menace,
    Insulte au marasme des lois.
La liberté s'affiche où la licence règne,
    Et l'appui qu'on attend de vous
Se borne à buriner une pompeuse enseigne
    A l'impunité des filous.

Observez ce commerce où la paralysie
    Etouffe le crédit rentier ;
Voyez ces travailleurs qu'un jour de frénésie
    Arme contre le monde entier ;
Mais plutôt remarquez ces fabricants victimes
    Allant chercher loin du comptoir
Une sécurité que leurs rois anonymes
    Ont pensé ne pas leur devoir.

Faites venir chez vous ce vieux fonctionnaire
    Inquiet sur son avenir ;
Parlez au desservant dont la main débonnaire
    Est prête encore à vous bénir.
Tous vous expliqueront leur commune pensée
    Ou plutôt leur commun effroi ;
Tous , dans cette carrière où la France est lancée,
    Auront les yeux sur le beffroi.

Suivre dans son exil un maître légitime
    Ou le fantôme usurpateur ,
Alors que du pays on mérita l'estime,
    Est un zèle qui fait honneur.
Napoléon-le-Grand , que le progrès écarte ,
    Elevait les braves à lui ;
Ce prince généreux qui nous donna la Charte ,
    En était le plus ferme appui.

Que votre République, envers tous équitable,
    Adopte leurs bons errements ;
A l'avenir sévère elle sera comptable,
    Eclairez donc ses jugements.
Qui servit le passé peut à l'ordre de chose
    Etre utile par son esprit :
Parmi les citoyens dont l'Etat se compose,
    Aucun ne doit être proscrit.

A force de prudence, acquérez au système
    Une foule de gens bien nés;
Dispensez les bienfaits de ce nouveau baptême
    Aux cadets comme à leurs aînés,
La France rassurée et fière d'être libre
    Alors comprendra vos discours;
Alors s'établira ce pompeux équilibre
    Impossible à garder toujours.

Songez surtout, songez que, dans un grand empire,
    Il est des éléments divers;
Que de l'accord forcé des masses en délire
    Est né l'ordre de l'univers.
Le niveau qui restreint les moindres éminences,
    Abattant l'arbre abat son fruit ;
Et qui d'un cercle étroit veut faire un cercle immense,
    En battant le fer le détruit.

Ne vous abusez pas sur les effets possibles
    Aux jours de trouble réservés ;
Songez que tous ces bras, maintenant si terribles,
    Avant peu seront énervés.
La fièvre du désordre enfante le prestige,
    Et la conscience des maux
A cet affaissement produit par le vertige
    Imprime l'amour du repos.

Le peuple qu'on fait roi, plus fier que les despotes,
    A, comme eux, ses vils courtisans ;
Comme eux, il dévalise ou meurtrit ses ilotes,
    Et comme eux a de beaux élans.
Mais, tous ambitieux, les flatteurs de la foule
    Aspirent à la dominer ;
Et sitôt qu'à plaisir ils ont plumé la poule,
    Ils cherchent à l'exterminer.

Loin de lancer un souffle au feu démagogique,
    Offrez une chance à l'honneur ;
Pour moi, toujours armé de ma vieille logique,
    En tout temps j'ouvrirai mon cœur.
Le vote général, surgi de la cohue,
    Un jour peut me donner du pain.
La manne des élus peut tomber de la nue :
    En attendant, je meurs de faim.

La Foi, direz-vous, sauve; il est vrai, mais, en somme,
  Il est bon de se défier.
Ce qui vient d'ici bas, entaché du vieil homme,
  Est peu fait pour édifier.
L'injustice à jamais régnera sur la terre.
  Or, je cède au sort de chacun ;
Mais, tyran pour tyran, malgré le nom de frère,
  J'aime mieux un roi qu'un tribun.

A bas l'aristocrate! à bas le vil esclave!
  A rugi la voix du progrès.
Modeste, mais debout, je lui réponds: mon brave,
  Il faut voir les choses de près.
Si du sens émeutier naît le droit de tout faire,
  En vertu d'un pouvoir égal,
Je veux prêcher le bien, dussé-je vous déplaire,
  A ceux qui nous prêchent le mal.

Rien encore n'est réglé, si son indépendance
  Est ravie à l'opinion ;
Plus tard j'immolerai ce que je crois prudence
  Au prochain contrat d'union.
Jusques là, toutefois, d'accord sur le principe,
  Je veux sagement l'appliquer ;
Et, sans nuire au bonheur de ceux qu'il émancipe,
  Avec franchise m'expliquer.

Tout ce qu'on veut de bon, je le veux comme un autre.
      Ami des sages libertés,
Je n'apposerai pas le cachet de l'apôtre
      A des projets mal concertés.
Frères, libres, égaux, mais partisans du calme,
      Attendons l'effet d'un bon choix :
Qui veut le bien de tous ne donne pas la palme
      A ceux qui méprisent les lois.

Concluons. Dans le trouble où jette l'anarchie,
      On n'a pour soi que l'avenir.
Union, république, empire ou monarchie :
      Tout est bon, quand Dieu veut bénir.
L'impiété de l'homme est la seule misère
      A laquelle on ne puisse rien.
Ainsi, quand tout progresse ou plutôt dégénère,
      Il faut au moins rester chrétien.

ONZIÈME POLÉMIQUE.

Je n'ai pas succombé sous les traits de l'envie;
A mon zèle critique il reste un peu de vie;
Et je prétends prouver que l'humaine raison
Vers la pente du mal a son inclinaison.
Toujours par ses effets nous jugeons de la cause,
Et le seul résultat définit chaque chose.
Ainsi, quand le désordre est partout propagé;
Quand le mépris des mœurs se voit encouragé,
Pour l'homme impartial, à qui reste un espoir,
La parole est un droit, la censure un devoir.
Sans me préoccuper du rire sardonique
Imprimé par l'orgueil à la lèvre cynique,

Usant des libertés qui sont nos attributs,
Je dirai les erreurs dont les temps sont imbus.
De nos traditions défenseur légitime,
Envieux d'acquérir quelques droits à l'estime,
On ne me verra pas prostituer mes chants
Au système erronné qui sourit aux méchants.
Sincère en mes écrits, pieux sans fanatisme,
Et jamais inspiré par le tolérantisme,
Aux saintes vérités, qu'on attaque aujourd'hui,
De mes faibles talents je prêterai l'appui.
    Muse, donne à ma voix ce ton d'indépendance,
Auquel doit se borner une active prudence;
Ecarte de nos cœurs les préjugés secrets
Qu'à l'esprit de révolte inculqua le progrès.
Lorsque l'impiété lève un front qui menace,
Opposer le courage à la brûlante audace
Est pour chacun de nous un devoir qui fait loi:
Tout fidèle est soldat pour défendre la foi.
Entrons dans la carrière, et, ferme en notre course,
Afin de mieux juger, remontons à la source.
    Après le siècle heureux qui vit fleurir les arts,
Tout couvert des lauriers cueillis au champs de Mars,
Le Français, dont le glaive avait soumis la terre,
Occupa son loisir des rêves de Voltaire.
Au delà des sentiers précédemment battus
Le démon novateur emporta nos vertus.
Par le philosophisme à son tour égarée,
Attaquant sans pudeur la doctrine sacrée,
On vit la plébécule afficher en tout lieu
La haine qui des rois devait passer à Dieu.

Plus tard, lorsque le crime eut franchi toute borne,
On fut anéanti par une terreur morne.
Au règne des Bourbons, dans leur chef immolés,
Succéda le mépris de leurs droits violés.
Atteints par l'ostracisme, errants parmi le monde,
Ils traînaient dans l'oubli leur misère profonde.
Ainsi qu'eux poursuivis, ainsi qu'eux dépouillés,
Les nobles désertaient leurs pénates souillés.
Partout les victimes des fureurs intestines
Arrosaient de leur sang le fer des guillotines.
A l'autel du Seigneur nos fiers républicains
Portèrent sans rougir leurs sacrilèges mains.
Les temples violés, désormais inutiles,
Ouvrirent leur enceinte aux factions hostiles.
Injurieux calice offert au Dieu de paix,
Le cri blasphémateur retentit sous le dais.
Partout, honni du peuple et chassé de sa cure,
On vit l'humble pasteur errer à l'aventure;
Heureux quand par la fuite il pouvait échapper
Au poignard assassin toujours prêt à frapper!
Tant de sang répandu, tant de crises souffertes,
Amenèrent enfin le regret de nos pertes.
Un homme que blessait le régime oppresseur,
De nos droits méconnus s'établit défenseur.
Consul, puis souverain, ce héros gigantesque
Au respect envers Dieu força la soldatesque.
Un concordat nouveau, de son zèle émané,
Purgea le temple saint trop longtemps profané;
La main qui châtiait retira l'anathème,
Et la voix du remords étouffa le blasphème.

Alors, malgré les cris du régime apostat,
Le culte du Seigneur devint loi de l'État.
Quinze ans le *Te Deum*, chanté par la victoire,
Au monde épouvanté signala notre gloire.
Hélas! par le succès à son tour aveuglé,
L'homme sans son pareil fut au loin exilé.
Paris dans ce désastre, étonné d'être libre,
Admit des trois pouvoirs le royal équilibre;
On restaura le trône, et le Louvre surpris
Vit flotter de nouveau l'étendard de nos Lys.

    Que la sagesse humaine en son cours est fragile!
Aux principes surgis de la guerre civile
Un règne imprévoyant laissa prendre l'essor:
Pour qui voit tout en beau l'alliage est de l'or.
Le monstre comprimé par l'ère impériale
Eleva de nouveau sa tête déloyale.
Au forum, à la cour, parmi les corps élus,
A force de crier, on ne s'entendit plus.
L'orateur démagogue arma la populace,
Et l'égoût des égoûts reflua sur la place.
Enfin, après trois jours, Philippe tant prôné
Déroba la couronne à Charles détrôné.

    Sous ce nouveau régime un zèle incendiaire
Investit les goujats du droit fiduciaire.
Au moyen de la presse on fit revivre en nous
La criminelle erreur dont nous étions absous.
Comme au temps des ligués, la fureur homicide
Aux modernes Cléments prêcha le régicide.
Il ne s'agissait plus de l'intérêt des cieux:
Nous étions éclairés sur le néant des Dieux;

Nous savions désormais que, pour agir en frère,
Il ne faut honorer ni son roi, ni son père.
On nous avait appris, sous le rapport du sol,
Que la propriété ne peut être qu'un vol.
Mais laissons l'ironie et, dans cette analyse,
Exprimons les assauts qu'éprouva notre église.

A travers les ferments propagés par l'erreur,
L'impiété cessa d'inspirer de l'horreur.
L'arme du ridicule, à ses mains confiée,
Accabla coup sur coup la foi sacrifiée.
On en vint à ce point que tout homme de bien
Rougissait en public de s'avouer chrétien.
Dès que sur l'évangile on réglait sa conduite,
On devenait par là vieille-France ou Jésuite.
A la plèbe elle-même on souffla le poison
Qui devait du respect affranchir la raison.
Le rustique habitant, devenu philosophe,
Enlumina le fil de sa grossière étoffe ;
Et la pieuse offrande, objet de son dédain,
Ne fut plus à ses yeux qu'un rendez-vous mondain.

C'est alors que, lassé du pouvoir monarchique,
On leva dans Paris l'étendard anarchique ;
Assailli par le peuple et victime à son tour,
Philippe usurpateur fut chassé sans retour.
Le courroux du Très-Haut, suscité par le crime,
Ouvrit devant nos pas un effroyable abîme.
Aux terreurs du passé l'esprit de faction
Jeta, comme un réseau, la révolution ;
Le cri de liberté fit sourire les masses,
Et l'espoir du pillage ameuta les Voraces.

12

En cet état de chose, un vote universel
Au sens républicain de nouveau fit appel;
Mais l'ordre interverti laissait à l'anarchisme
Une chance qu'en vain repoussait le civisme :
On ne comprenait pas ce qu'avait de flagrant
L'instinct envahisseur d'un public ignorant.
Aujourd'hui même encor, l'étendard sanguinaire
Excite aux attentats le glaive mercenaire ;
Il vous menace tous.... Gens de peu de vertu !
Périrez-vous toujours sans avoir combattu ?

L'affront que la terreur patiemment supporte ,
En doublant les anneaux, rend la chaîne plus forte ;
Et le joug que sans peine on se laisse imposer,
Livre notre avenir à qui veut tout oser.
Toujours la lâcheté servit la tyrannie.
Infirme et chancelante aussitôt qu'on la nie,
Elle cède à l'élan par l'honneur imprimé :
Qui résiste à propos n'est jamais opprimé.

Ce n'est pas que je veuille, affamé de victimes,
Appliquer ce principe aux pouvoirs légitimes.
Un chef qui sagement gouverne ses sujets ,
Ne doit pas être en butte à d'hostiles projets.
Le maître qu'on abat pour en établir d'autres ,
En perdant tous ses droits, n'assure pas les nôtres.
Où règne l'anarchie, où s'effacent les rangs,
Au prix d'un seul despote on a mille tyrans.
Nulle sécurité ne surgit du désordre.
Il faut dans le péril qu'une voix donne l'ordre ;
Autrement le soldat, peu certain de son sort,
Est par son ardeur même entraîné vers la mort.

De la confusion naît toujours la misère ;
Une guerre civile enfante une autre guerre,
Et ceux que la révolte érige en agresseurs
D'opprimés qu'ils étaient se font nos oppresseurs.

    Quelle utile réforme attendre d'une lutte
Où ce qu'on a promis jamais ne s'exécute ;
Où tous les intérêts, froissés et confondus,
Dans un juste rapport ne sont pas refondus ?
Serons-nous plus heureux quand le Socialisme
Aura mis en crédit son matérialisme ?
On échappe aux dangers d'un violent débord,
Mais nul ne peut franchir un océan sans bord.

    Dans le chaos de l'homme une vague lumière
En vain lance le doute à la cause première,
Au-dessus des calculs permis à la raison
Dieu du centre éternel a placé l'horizon :
C'est là que son principe, ainsi qu'un jet de flamme,
Au moyen de la foi se révèle à notre âme.

    Un ouvrage quelconque annonce un ouvrier,
Et le fait évident ne saurait se nier.
Ce rayon incréé dont le corps s'illumine
Aux ténèbres jamais ne dut son origine,
Et l'orgueilleux effort de l'esprit novateur
Nous démontre lui-même un pouvoir créateur.

    Admettre le hasard pour règle primitive,
Un néant général pour seule expectative ;
Affirmer que notre âme, ainsi que notre corps,
En cette courte vie use tous ses ressorts,
C'est ravir à nos cœurs l'espérance future
A laquelle sourit notre infirme nature.

En tout temps l'athéisme étouffa la vertu,
Mais jamais son poison ne fut moins combattu.
Le soi-disant progrès dont le siècle se vante,
Au foyer domestique a jeté l'épouvante ;
On frémit du présent comme de l'avenir,
Et tel qui voit le mal n'ose le prévenir.
Inerte pour le bien, notre ardeur attiédie,
Au lieu de la purger, couve la maladie.

En effet, ces gaulois, si dévoués jadis,
Loin de s'être épurés, se sont abâtardis.
La foi du bon vieux temps, indocile et fiévreuse,
Expire au puits perdu que le vertige creuse.
On ne voit plus jaillir ces lumineux rayons
Qu'opposait un saint zèle aux folles visions ;
Comme le royalisme on proscrit notre culte,
Et tout, hors le mensonge, est sujet à l'insulte.
Il ne faut, nous dit-on, ni lévites, ni rois ;
Mais ce peuple, si fier d'être libre en son choix,
Qui s'irrite au seul mot de pouvoir légitime,
A qui rien n'est sacré, pas même son estime,
Après avoir souvent pris et repris ses fers,
Dupe des libertés ou jouet des pervers,
Opprimé par la bure ou par la laticlave,
En servant qui l'égare, en est-il moins esclave ?

Ouvrons les yeux enfin : quel que soit son succès,
L'enfer n'a pas séduit tous les cœurs nés français.
Le cristal volcanique, incrusté dans l'asphalte,
A vu plus d'un héros se grouper vers la halte.
Ainsi que l'émeutier, l'honnête homme est debout :
L'orage, en l'inondant, peut nétoyer l'égoût.

Reviens à son giron, fils aîné de l'Eglise;
Qu'avec le crime enfin la vertu rivalise.
On n'est pas sans espoir lorsqu'on a Dieu pour soi:
Le plus noble étendard, c'est celui de la foi.
Que l'incrédulité, réduite à se soumettre,
Entre le ciel et toi n'ose plus s'entremettre;
Elève tes regards vers l'astre radieux
Qui brillait sur le front de tes nobles ayeux.
Sous Clovis et Louis, ta marche triomphante
Aux ennemis du Christ imprimait l'épouvante;
Arme sans plus tarder ce bras toujours chrétien,
De l'autel et du trône autrefois le soutien;
Prends avec l'athéisme une hostile attitude,
Ou plutôt, de mépris couvrant sa turpitude,
Au gré de son erreur laisse vivre chacun :
L'odeur cadavéreuse infecte le parfum.
De même la vertu que trop d'ardeur enflamme
Au zèle inquisiteur n'emprunte que le blâme :
A Dieu seul appartient le droit d'anéantir
Ceux que n'a pu toucher le tardif repentir.
Homme, respecte l'homme, et faible comme un autre,
Imite la douceur du primitif apôtre :
On peut en imposer par la sévérité,
Mais on n'est vrai chrétien que par la charité.
Quiconque auprès du Fort veut trouver un refuge
A l'égard du prochain ne s'établit pas juge:
Une sagesse affable et qui porte son fruit
Dédaigne également le silence et le bruit.
Ne dire jamais rien, c'est ne jamais instruire,
Et parler sans raison le plus souvent c'est nuire.

Entre ces deux excès bien tenir le milieu ,
C'est le plus sûr moyen d'être agréable à Dieu.
    Vous donc pour qui j'écris, retenez cet adage :
Un sage intolérant n'est jamais un vrai sage.
Il est un cas unique où l'homme né chrétien
Peut montrer au grand jour son ardeur pour le bien,
C'est le cas où l'impie , insultant à Dieu même ,
Ose à son vil orgueil ajouter le blasphème;
Alors, et j'en conviens, le juste peut tonner ;
Mais braver le trépas, ce n'est point le donner.
    Concluons: tout pécheur entaché de parjure
Admet la réprimande et repousse l'injure.
Ainsi, quand le prochain , d'un air affectueux,
Eveille en votre cœur un instinct vertueux,
Epiez ce qu'en vous la sagesse fait naître :
En faire la recherche est presque la connaître.

DOUZIÈME POLÉMIQUE.

Le Drapeau rouge.

Corruptus et corruptor, æger et flagrans animus haud levioribus remediis restinguendus est, quàm libidinibus ardescit.
(TACITE.)

Il faut aux âmes corrompues et corruptrices, malades et brûlantes, des remèdes aussi forts que les passions qui les brûlent.

France, quel bruit confus trouble ta République?
Où va ce drapeau rouge épouvantail civique?
A l'impie acharné Dieu permet de nouveau
L'impure éjection d'un gangréneux cerveau.
Sur un théâtre abject, où le vin grossier coule,
Au cri du démagogue accourt l'agreste foule.
Idiot par état, le serf déféodé
Va discuter le vote à ses vœux accordé.
Son orgueil besacier, nourri de méfiance,
Au civisme bourgeois aura-t-il confiance?
Opposé par instinct à tout mérite acquis,
Voudra-t-il de son choix honorer le marquis?

Non. Ce qui du savoir porte à ses yeux l'empreinte
Offusque sa roture et fait naître sa crainte ;
Entaché de la rouille où dort le souvenir,
Il n'attend du progrès qu'un pillage à venir;
Muni du bulletin qu'un rouge doigt lui glisse,
Il ira consommer son œuvre de malice.

    Exaltez le vaurien, badauds qu'il a surpris,
De votre aveuglement vous recevrez le prix:
Le désordre promet, l'ordre seul tient parole,
Et Dieu pour la vertu réserve l'auréole.

    O vous pour qui le calme eut toujours des appas !
Quand surgit le péril, ne vous divisez pas :
Le brin de fil se rompt, jeté seul vers l'ancrage ;
Mais uni dans le cable, il résiste à l'orage.

    Ainsi, quand l'anarchie arme ses viles mains,
Ne désespérez pas du salut des humains:
Celui qui du pécheur accablé la démence,
Au jour de sa bonté versera la clémence;
Un regret bien senti calmera son courroux,
Et, le veau d'or brisé, Dieu vous sera plus doux.

    Toutefois, qu'il est loin ce temps où la misère
A garder le respect forcera le vulgaire !
Où l'infernal virus, partout inoculé,
Laissera le champ libre au sang immaculé !
Que d'assauts je prévois ! Que de chutes nouvelles
Auront à déplorer ceux qui restent fidèles !

    Au sein du corps élu, troublé par son regard,
L'esprit de faction lévera l'étendard.
Vaincu, mais obstiné, l'affreux socialisme
Ira de sa pustule injecter le civisme;

Il vous soulèvera contre l'ordre établi,
- Lancera l'anathème au pouvoir affaibli,
Fera des carrefours mouvoir la populace,
Et dans plusieurs cités vomira la menace.

Alors, saisi de crainte et tremblant pour ses jours,
L'homme de bien fuira dénué de secours;
Le commerce interdit voilera son enseigne,
Et là pâle terreur établira son règne;
Aux mendiants armés s'uniront les forçats;
Tout le peuple en émoi craindra les assignats;
Pourchassés de nouveau, les ministres du culte
Auront à redouter le sarcasme ou l'insulte;
On se rira du Christ, comme de ses pasteurs;
L'immorale doctrine aura ses colporteurs;
Anarchie au dedans, au dehors grande guerre,
Amèneront plus tard un pillage de terre;
Une disette affreuse alors décimera
Ceux qu'auront épargnés les feux du choléra.

Mais, sous tant de fléaux la patrie abattue
Extirpera des cœurs le venin qui la tue;
A l'orgueil de l'impie elle fera sentir
Les généreux effets d'un tardif repentir.
Dieu, qui des libertés ne proscrit pas l'usage,
Epurera l'octroi que l'abus dévisage.
Une charte nouvelle, œuvre d'un long calcul,
Surgira du principe élagué comme nul.
Tous ceux qui détestaient le sceptre et la tiare,
A l'autel du Seigneur sonneront la fanfare.
Un concert unanime, élevé jusqu'aux cieux,
Fera revivre en nous l'honneur des bons aïeux.

Vous que l'esprit d'orgueil en vain démoralise,
Enfants d'un même père et d'une même église,
Après tant de revers tour à tour éprouvés,
Tant de trésors perdus et jamais retrouvés,
Ne comprendrez-vous pas que la folie humaine
Allèche le mouton pour enlever sa laine?
Irez-vous, quand le ciel s'acharne à vous punir,
Demander au désordre un moyen de s'unir?

Laissez-là cette idole au forum élevée;
Abordez la piscine où l'erreur est lavée;
Humbles dans vos remords, criez vers le Très-Haut:
Son bras à qui revient jamais ne fit défaut.
Purifiez le temple, épurez l'holocauste,
Et, chrétiens raffermis, restez à votre poste.

Qui de la liberté veut goûter les douceurs,
Avant de l'établir, doit réformer ses mœurs.
Le premier élément du Républicanisme
Est la simplicité de son jeune organisme.
Elever un palais sur un terrain fangeux,
Embarquer son trésor par un temps orageux,
C'est livrer l'un et l'autre aux chances d'un désastre.
Avant de fuir le port, consultez donc les astres.
Un luxe dépravé, mis à jour par l'orgueil,
Des peuples affranchis sera toujours l'écueil.
Jamais l'homme égaré ne reverra son aire,
A moins que dans la nuit le flambeau ne l'éclaire.

Or, ce phare au-dessus de toute vision,
Ce guide permanent, c'est la religion.
Je ne prescrirai pas à celui qui la nie
Un zèle que flétrit son aveugle manie:

Alors qu'on a perdu le sentiment du bien,
L'effort de la raison ne mène plus à rien.
Mais vous qui sans divorce avez quitté l'Église,
Ivres du fol espoir qui vous fédéralise,
Oserez-vous encor persister dans le mal?

Revenez au giron d'où jaillit le fanal :
Quiconque se repent cesse d'être coupable,
Et lavé de son crime, est au moins graciable.
Ecrasez sous le poids d'un mépris mérité
Ces êtres dont le cœur trahit la vérité,
Qui du matin au soir vous prêchant l'athéisme,
Affectent les dehors d'un prétendu civisme ;
Insensés que l'enfer a vomis parmi vous,
Moins pour vous affranchir que pour vous perdre tous.

La sainte liberté n'est pas dans la licence;
Il faut à l'homme sage une sage puissance,
Et Voltaire lui-même a dit, parlant des rois :
On est libre en effet sous d'équitables lois.

La noblesse du cœur, seule encore vivante,
Est-elle donc pour vous un sujet d'épouvante ?
Oublierez-vous sitôt les secours généreux
Prodigués par l'aisance au foyer malheureux?
Ces fruits de charité que Dieu vous attribue,
Echappés à la main qui vous les distribue,
Auront-ils pour effet d'irriter vos esprits?
Serez-vous sans honneur, et seront-ils sans prix?

Rougissez de vos torts. Le modeste ménage
Aura toujours besoin du puissant patronage.
Il n'est pas de souffrance à laquelle un chrétien
N'accorde le tribut d'un fraternel soutien.

La loi que dans les cœurs grava l'être suprême
Attache une espérance à la misère même.

Ouvrez votre œil, voyez le ravage opéré
Par les brûlants retours d'un mal invétéré.
Tout ce qui découlait de la foi de nos pères,
Ordre dans les conseils, courage dans les guerres,
Amour, patriotisme, élans religieux :
Tout meurt dans le chaos des rêves factieux.

"Tolérer le mensonge, honorer la révolte,
Est du grain parasite assurer la récolte :
Où végéte l'ivraie aucun plant ne mûrit;
L'herbe même se séche et plus tard se pourrit.
Telle dans son triomphe est la semence impie;
Echappée à la main qu'égare l'utopie,
Elle étouffe en nos cœurs jusqu'au cri du remords.
Qui ne croit pas en Dieu, s'affranchit de tout mors,
Et par son vil orgueil emporté dans le vague,
Au lieu de raisonner, à plaisir extravague;
Et nous, qui voyons tout d'un coup d'œil contempteur,
Nous appelons progrès cet élan corrupteur.

De là ce vain amas de règles subversives,
Où les immunités sont toujours oppressives,
Où les agitateurs, sortis des derniers rangs,
De sujets révoltés deviennent des tyrans.

Pourquoi, froissé jadis par la même secousse,
Armeriez-vous ces mains d'un glaive qui s'émousse?
A force de forfaits, croyez-vous échapper
Au trop juste courroux qui vient de vous frapper?
Rentrez dans le devoir: le Seigneur qui châtie,
Après le repentir, quelquefois amnistie.

Osez lui demander l'oubli de vos fureurs :
Il punit le blasphême et pardonne aux erreurs.

Mais hélas! vainement je prêche la concorde :
A la voix du désert nul crédit ne s'accorde.
Un aveugle dédain survit chez le Français
Au régicide élan couronné de succès.
Plus on fut criminel, plus on hait sa victime.
A qui sacrifia jusqu'à sa propre estime
Il ne faut plus parler d'un vertueux retour ; ·
Mais l'enfer assouvi, le ciel aura son tour.
Dans ses desseins cachés l'éternelle sagesse
Enferme l'avenir que sa bonté nous laisse.
Attendons et prions : qui créa l'univers
Peut, les temps révolus, confondre les pervers.
Il reviendra ce jour où nos rois légitimes
Oubliaient le malheur dont ils furent victimes,
Où le peuple charmé bondissait sur leurs pas ;
Je le prévois, l'annonce et ne le verrai pas.

En attendant je pleure, et comme le prophète,
Au joug qui pèse à tous j'assujettis ma tête.
Heureux de pressentir la fin de tant de maux,
Je demande au pasteur le salut des agneaux.
Puisse la charité, qui veille autour du temple,
Obtenir les effets de son pieux exemple ;
Et puisse mon pays , accablé tant de fois,
Rattacher son amour à l'amour de ses rois !

Non que je veuille, armé d'un féodal présage,
Exhumer du linceul le gothique servage.
Après tous les abus, source de nos discords ,
Je n'explorerai pas cet océan sans bords.

Satisfait des pouvoirs qu'une charte équilibre,
En subissant la loi, je prétends rester libre ,
Et de tout despotisme éloignant mes esprits,
Vouer à l'arbitraire un éternel mépris.

TREIZIÈME POLÉMIQUE.

Épître aux Électeurs de Juin 1849.

Sed nec tanti reipublicæ Gracchorum
eloquentia fuit ut pateretur et leges.
(TACITE.)

Mais l'éloquence des Gracques ne fut
point pour la république un dédomma-
gement de leurs lois.

La France va choisir ses nouveaux mandataires;
Eveillez votre zèle, hommes parlementaires.
Et toi, muse des champs, fais redire aux échos
Les pensers que tu dois à l'amour du repos.
   Quand l'insurrection, s'armant de l'utopie,
Impose à notre foi les rêves de l'impie,
A travers ce fatras d'impertinents discours,
Au sens qui sait juger donnons un libre cours.
   Fille de la licence et des brûlants orages,
Qu'appellent liberté les sots de tous les âges,
Elan séditieux, raisonnement obscur,
Des colères du peuple aiguillon toujours sûr;

Brusque sans rectitude, indocile, hautaine,
Appelant aux forfaits, excitant à la haine,
La fougueuse éloquence, épouvantail des rois,
Jette au monde abusé ses caprices pour lois;
D'un état régulier turbulente adversaire,
Elle brise les fils du nœud qui la resserre,
Et forte dans le trouble, inerte dans la paix,
Sous un sceptre affermi ne s'éveille jamais.
L'éloquence du cœur, toujours inoffensive,
Ainsi qu'un rayon pur, lance une clarté vive;
Aux pouvoirs établis soumise comme à Dieu,
Sa tranquille influence aime un juste milieu;
Sans trop s'enorgueillir, sans ramper en esclave,
Elle sait, au besoin, porter la laticlave,
Et consciencieuse, emprunte à la raison
L'invincible argument d'une sage oraison.
Présente aux vains débats de la démagogie,
Elle fait preuve alors de sa noble énergie.
Aussi ferme que juste, elle voit sans terreur
Les envahissements de l'esprit de fureur.
Forte des vérités que sa bouche démontre,
Elle ne défend pas et le pour et le contre.
Aujourd'hui chaleureux, demain plus refroidi,
Son zèle pour le bien n'est jamais attiédi.
Le sol luxuriant qu'exploite la première,
Epuise en vains efforts sa sève aventurière;
Et prodigue d'un suc par le gourmand détruit,
Ne donne en résultat qu'un rachitique fruit.
Le champ que la seconde avec art fertilise,
Enrichi des produits que l'été réalise,

Au chaume industriel voit passer en détail
Les trésors qu'à son sein confia le travail.
Altière, opiniâtre, impérieuse ou traître,
L'une, dans ses élans, ne veut ni frein, ni maître ;
Impassible, énergique et prudente à la fois,
L'autre borne sa gloire à mieux régler nos droits.
Tandis qu'avec fracas celle-ci rompt sa chaîne,
Au joug qu'on doit porter celle-là nous ramène,
Et des ambitieux décevant les projets,
Rend cher le peuple au prince, et le prince aux sujets.
Dès que l'esprit d'orgueil envahit la puissance,
Opposer l'homme à l'homme et la France à la France
Est l'unique remède à ce fiévreux débord.
Que tous veuillent régner, nul ne sera d'accord ;
Mais si, dans le désordre où jette l'anarchie,
On vient à s'ennuyer de la polygarchie,
Il faut que l'orateur, usant de son savoir,
Démontre aux gens de bien l'urgence d'un pouvoir.
Au sein des libertés, l'action qui comprime
Affranchit l'avenir du présent qui l'opprime.
Il n'est qu'un joug léger, c'est celui de la loi ;
Mais, consul ou tribun, César, despote ou roi,
Toujours faut-il un chef qui, d'une main puissante,
Enchaîne des partis la fureur incessante.
On le comprend, je crois. Déjà chez le Français
La tendance au repos lutte avec les excès.
Disons-le toutefois, l'impiété qui règne
Ecartera longtemps la pacifique enseigne.
Offensé, méconnu par l'orgueil spadassin,
Des complots du méchant Dieu se lasse à la fin.

13

Tant de calamités, tant de signes palpables,
Avertissent assez que nous sommes coupables.
Essayons d'apaiser le trop juste courroux
Qu'une lente justice a fait peser sur nous.
Rentrons dans les sentiers que suivirent nos pères,
Et nos destins futurs surgiront plus prospères.
    Inutiles conseils!... Par le doute obscurci,
Le rayon de la foi s'éteint chez l'endurci.
Les faux raisonnements du prêcheur incrédule
Ont séduit parmi nous jusqu'à la plébécule.
Idiots ou savants, tous mettent leur orgueil
A nier l'espérance offerte à leur cercueil.
Epris des nouveautés dont le siècle nous berne,
Ils ne veulent ni Dieu, ni chef qui les gouverne.
Hostile au monde entier, leur esprit négatif
Ne vous offre pas même un vain palliatif.
Sur le frêle parquet de leur mouvant théâtre,
On voit l'homme de rien trancher du gentillâtre.
A la hauteur de l'art s'élève le métier,
Et l'arbuste rampant couvre le cèdre altier.
O ferment des égoûts! Vermine libérale!
As-tu donc plus d'attraits que l'hydre féodale?
    Ecoute, progressif, ce qu'a dit le Seigneur:
« Qui veut régner un jour doit être serviteur. »
Or, qui pour s'élever a recours à l'émeute
Est un dogue enragé qu'il chasse de la meute.
    Au jour où les rêveurs du vote universel
Font à notre civisme un politique appel,
Dans cet élan confus où l'esprit de désordre
Assemble les roseaux que sa main voudrait tordre,

— Pourquoi, vil sans-culotte, insulter au baron?
— Les hommes sont égaux aux yeux de la raison;
Plus de nobles tyrans! Plus de vieux privilège!
— En portant sur leurs biens une main sacrilège,
A quoi vises-tu donc?— A jouir quelque jour
Du faste et des trésors qu'enferme leur séjour:
Ils dépouillaient le serf, que le serf les dépouille.
— Insensé! le fer neuf s'use enfin sous la rouille,
Et d'autres vagabonds, armés de tes propos,
En te dévalisant se diront des héros.
Tel fut toujours l'effet de la fausse doctrine:
La rapine impunie engendre la rapine.

    Hommes d'ordre et de paix, citoyens modérés,
Qui fûtes les amis des pouvoirs pondérés,
Groupez-vous sans tarder. Forts de votre grand nombre,
Ecartez ces flâneurs dont le forum s'encombre,
Indociles sujets, rêveurs ambitieux
Qui, toujours dédaignés, sont toujours factieux.
N'admettez dans vos rangs que des cerveaux tranquilles,
Ennemis comme vous des secousses fébriles,
Attentifs, dévoués, courageux, mais prudents,
Tels qu'étaient les Pothier, les Harley du vieux temps.

    Méfiez-vous aussi de ces Gracques modernes,
Appelant de leurs vœux le gibet des lanternes,
Excréments de nos clubs, turbulents orateurs,
De la plèbe égarée ou tyrans ou flatteurs.

    Jamais de bonnes lois n'ont surgi du désordre:
Un serpent ranimé finit toujours par mordre,
Et les agitateurs que Dieu laisse impunis,
Dans leurs mauvais desseins n'en sont que plus unis.

Qu'arrive-t-il de là?.Celui qui temporise
Est dupe des excès que sa peur autorise :
A qui permet le mal le mal doit arriver.

Dans le flux et reflux, voguez sans dériver;
Toutefois, si la lame envahit le navire,
Avant que sous le flot sa poupe ne chavire,
Amenez votre voile, et jetez au dehors
Les dépôts limoneux qui surchargent ses bords.
De même, sous la crise où le hideux cynisme,
En ouvrant son cratère, effraie le civisme,
Afin de prévenir un nouvel attentat,
De sa rouge livrée affranchissez l'Etat.

Le méchant qu'on repousse honteusement recule,
Et purge en s'éloignant votre chaire curule.
Osez donc résister à tous ces aboyeurs
Que rendent plus hardis vos inertes frayeurs.
Six millions de voix, suffrage antipathique,
Ont assez protesté contre leur république.
Aux plans constitutifs par eux élaborés
Substituez des plans un peu mieux digérés :
La Charte qu'en un jour la révolte improvise,
Après l'effervescence, est rarement de mise.

Attendez, toutefois, que les édits refaits
D'une nouvelle épreuve aient subi les effets.
Jusque-là, bornez-vous à donner vos suffrages
A ceux qu'ont illustrés de généreux courages :
Ils sauront, s'il le faut, réduire à leur valeur
Ces rêves chamarés d'offensive couleur.

Si l'instinct populaire, en son indépendance,
A, comme je le crois, sa royale tendance,

Au lieu de comprimer cet élan généreux ,
Ils mettront en rapport leur devoir et nos vœux.
A ces lambeaux sanglants, que le progrès rapsode
Et qu'un Ledru-Rollin veut remettre à la mode ,
Ils sauront préférer la pourpre qu'autrefois
Les pouvoirs combinés restituaient aux rois.
Parmi les prétendants que la clameur désigne,
On les verra choisir le prince le plus digne ;
Et du droit, cher encor, quoique déshérité ,
Renaîtra pour toujours notre prospérité.

    Si, contre mon attente, ils jugent que leur gloire
Est de réaliser un projet illusoire,
En surchargeant nos fronts du joug républicain ,
Au retour du bon ordre ils prêteront la main.
De ces immunités qui rendent l'homme libre
Ils feront, par la loi, revivre l'équilibre ;
Et dans le mécanisme emprunté du niveau
Feront fonctionner le rouage nouveau.
Sans nuire aux droits acquis, sans irriter la plèbe ,
Eclairant à la fois l'industrie et la glèbe ,
Ils ne permettront pas qu'un peuple généreux
Sous des cerveaux brûlés soit longtemps malheureux.

    Ce résultat possible est encore un mystère :
A Dieu seul appartient l'avenir de la terre ;
Et le courage humain , trop sujet à mollir,
Sans l'appui de son bras, ne peut rien accomplir.
De ses desseins cachés respectant la sagesse,
Attendons les effets de l'espoir qu'il nous laisse.
Humblement prosternés, réunissons nos voix
Pour qu'il daigne en ce jour éclairer notre choix.

Mais j'entends retentir ce féroce anathème :
A bas le capucin qui prêche un Dieu suprême !
A bas le royaliste !.. Esprits forts, calmez-vous :
Je ne mérite pas l'honneur d'un tel courroux.
Du Verbe qu'on outrage indigne créature,
Il ne m'est point donné d'établir sa nature.
Assuré que sans lui je n'existerais pas,
En dépit du progrès, j'ose en faire du cas.
Moins fort que ces élus, ces géants de pensée,
Auxquels il ne faudrait qu'une ardeur plus sensée,
Heureux de n'être rien, fier de garder ma foi,
Je ne détrônerai ni mon Dieu, ni mon roi.
  Que l'hostile avorton sape la pyramide,
En mon petit cerveau le sens reste timide ;
Et, sûr que la poussière est le jouet des vents,
Je ne m'élève pas au niveau des savants.
Qu'ils sondent leur nature et cherchent dans son livre
Un motif de nier celui qui les fait vivre ;
Audacieux Titans, qu'ils attirent sur eux
Les foudres qu'alluma le foyer caverneux,
Frappé de leur orgueil, je borne ma science
A suivre les instincts nés de ma conscience.
Aux apôtres du Christ, cent fois mieux inspirés,
Je remets les lambeaux des voiles déchirés :
Eux seuls ont le pouvoir d'expliquer le mystère
Auquel aveuglément doit souscrire la terre.
Imitez leur douceur... Par un cri messéant
Ne déshonorez plus votre piteux néant.
  Pour vous qui, sans nier l'intelligence innée,
Indifférents sur tout, suivez la destinée,

Et, froidement assis, ne voyez dans nos maux
Qu'un sujet d'alanguir votre inerte repos,
Disciples sans ferveur, chrétiens sans énergie,
Ne sortirez-vous pas de cette léthargie?
Ouvrez, il en est temps, votre œil appesanti ;
Donnez à l'athéisme un libre démenti.
Que votre bulletin, buriné par vous-même,
Ecarte l'imposteur entaché de blasphême.
Appelez au pouvoir ceux qui, sous le poignard,
N'ont pas du vieil honneur déserté l'étendard.
A ces fous égarés, que l'univers contemple,
Offrez d'un zèle pur le généreux exemple :
Alors que, dans la crise, il peut rester debout,
Des plus nobles travaux le sage vient à bout.
    Si la faible raison d'une muse ignorée
Etait d'un vain crédit quelque jour honorée ;
Aux débats du forum si je mêlais ma voix,
Je dirais au pouvoir qui remplace nos rois :
    Comprenez avant tout ce que l'ordre de chose,
En donnant son suffrage, à votre zèle impose.
Il ne lui suffit pas que, paisible César,
Sur le grès de Longchamp vous lanciez votre char ;
Que, assis en un banquet, votre humeur libérale
Accueille l'homme doux, flatte le cannibale,
Il faut, dans l'anarchie où languit notre espoir,
Animer le ressort qui ne peut se mouvoir.
La tolérance est bonne alors que, sans nous nuire,
Un cœur inoffensif s'était laissé séduire :
A l'erreur du calcul on peut remédier ;
Mais le traître qu'un traître ose stipendier,

Qui, sous le vil bonnet d'une tête flétrie,
Arrose les pavés du sang de la patrie,
Indigne de pardon, ne doit pas éviter
Le juste châtiment qu'il a pu mériter.
- Protecteur des vertus, mais ennemi du crime,
Employez, s'il le faut, la force qui comprime.
Après avoir saisi le méchant aux abois,
Livrez sa turpitude à l'action des lois.
Dans le flagrant délit, sans distinguer personne,
Au malfaiteur armé rendez la mort qu'il donne.
    Après l'élection, faible minorité,
Le parti montagnard sera discrédité ;
Mais, réduit à lui-même, il ira sur la place
Ameuter contre vous la vile populace.
Armez-vous de l'égide, et tous les cœurs français
Donneront leur estime à vos heureux succès.
Alors reparaîtra, sous le bras invincible,
Une sécurité jusqu'alors impossible.
    A ce premier conseil j'en ajoute un second :
Entourez nos autels d'un respect plus profond ;
Ne souffrez pas ces cris où l'audace en guenille
Ose décréditer le culte et la famille:
En fait de conscience, on est libre aujourd'hui;
Mais le dieu des Chrétiens, si longtemps notre appui,
Ce Dieu, qui sous Clovis, nous devint favorable,
Est et sera toujours le seul Dieu véritable.
En vain le faux prophète éléverait la voix,
Le dogme évangélique a fixé notre choix.
La France progressive, en tolérant la secte,
Improuve les erreurs que l'athéisme infecte.

Elle n'a jamais vu d'un œil indifférent
L'orgueilleux scepticisme embaucher l'ignorant.
Le doute propagé conduit à ne rien croire,
Et l'incrédulité, funeste, attentatoire,
Au repos des mortels s'opposera toujours.
   Arrêtez, s'il se peut, ce torrent dans son cours.
Sans les persécuter, surveillez les impies,
Ou plutôt, du mépris couvrant leurs utopies,
Eloignez du forum, ainsi que des emplois,
Ceux qui, ne croyant rien, n'admettent point de lois.
Une religion, dans un système occulte,
Inoffensive à tous, n'en est pas moins un culte :
Aux passions de l'homme elle impose le frein ;
Mais le pourceau cynique, hostile au genre humain,
Dès l'enfance entaché de matérialisme,
Immolerait la terre à son vil égoïsme.
Examinez le bagne, où rugit, nuit et jour,
L'insensé qu'un verdict a flétri sans retour ;
Parmi tous ces forçats, dont la race pullule,
Il n'en est pas un seul qui ne soit incrédule.
Emeutiers ou larrons, communistes de fait,
Ont tous, depuis Marat, sucé le même lait.
   Quand les propagateurs de la loi révélée
·Souriaient sur le gril à la foule aveuglée,
On leur offrait du moins, au lieu de cette loi,
Des simulacres vains que rejetait leur foi.
Ce n'est plus, dans les plans que l'athée exécute,
Au nom de quelque dieu que sa main persécute ;
En dépouillant le sot des trésors du géant,
Il ne donne en retour qu'un lambeau de néant.

Rejetez loin de vous ce flux de propagande,
Et, rendant au Très-Haut ce qu'il veut qu'on lui rende,
Attirez sur ce peuple, autrefois si pieux,
Les biens dont par lui seul ont joui nos aïeux.
Le pouvoir d'ici - bas, quelle que soit sa forme,
Est perdu sans retour, s'il permet qu'on l'endorme.
En veillant sur l'enfance, en formant des chrétiens,
On fait, n'en doutez-pas, d'excellents citoyens.
    Je n'en finirais plus si je voulais tout dire.
Un état maladif amène le délire,
Et lui-même, excitant les folles passions,
Livre le corps infirme à des convulsions.
Parmi les curatifs, le seul qui lui convienne
Est de le raviver par un autre hygiène :
Après l'accès fiévreux, les bouillons restaurants
D'un retour de santé sont les meilleurs garants.

QUATORZIÈME POLÉMIQUE.

Epître aux Elus du vote général.

*Non aliud discordantis patriæ remedium
est, quàm ut ab uno regeretur.*
(TACITE)

Il ne reste pour ressource à la patrie
déchirée que le gouvernement d'un seul.

Sages réformateurs que le vote confus,
Pour vingt-cinq francs par jour, oppose à nos abus,
Sur le point d'aborder le chaos politique,
Interrogez l'écho de la raison publique.
Il vous signalera les funestes apprêts
Qu'en son impiété concerta le progrès.
Vous aurez sous les yeux le ferment d'anarchie
Auquel dut succomber l'antique monarchie.
Après un an d'essais, vous pourrez dénouer
Le drame rebouilli qu'on nous a fait jouer.

Ne vous égarez pas dans le sombre dédale
Où, minotaure usé, rugit le cannibale.

Au fil conservateur désormais rattachés ,
Donnez à l'avenir de meilleurs débouchés.
Trop longtemps le sophisme égara notre époque ;
Il convient de régler cette marche équivoque.
Au-delà des sentiers nouvellement battus
Ramenez , s'il se peut, nos antiques vertus.
Rendez à leur néant ces rêves d'utopies
Exhumés de l'enfer par les cerveaux impies.
   Ici - bas, dit la foi , tout n'est que vanité :
Nos plus chers intérêts sont dans l'éternité.
Si Dieu n'est avec lui, nul état ne prospère:
Un peuple sans croyance est un enfant sans père.
En ouvrant un champ libre à chaque préjugé ,
Que le culte établi soit le seul protégé :
Ne faire à cet égard aucune différence
Est moins trait de raison que trait d'indifférence.
Un dogme plaît au cœur , mais le cœur n'en veut qu'un:
Sourire à trop de dieux, c'est n'en servir aucun.
Le siècle tant vanté , politique inhabile ,
Admet tous les récits hors ceux de l'Évangile ;
Et d'un amas d'erreurs, tolérant le maintien ,
Ne proscrit en effet que le zèle chrétien.
Suivez dans ses détours l'orgueilleux scepticisme.
Au moyen d'un appât coloré de civisme ,
Il jette à notre foi le découragement
Dont sa vieille tactique explora le ferment.
Le doute propagé se change en habitude,
Et des traditions détruit la certitude.
On ne conteste plus, on se borne à nier.
Tel qui doit tout à Dieu l'ose calomnier.

Sa bonté, sa justice, également prouvées,
Ont l'air et les effets des choses controuvées.
Il n'est rien de certain, rien de juste en dehors
Que cette liberté, source de nos discords.
De là ce fier mépris qui jamais ne recule,
Et qui des sommités passe à la plébécule.

Une loi qui prescrit l'amour de son prochain,
Qui rattache le peuple au juste souverain,
Qui des cris forcenés interdit la manie,
Au regard du présent, n'est qu'une tyrannie.
Il faut, dans les calculs de l'esprit novateur,
Que la terre et les cieux renoncent leur auteur ;
Que les rites sacrés transmis par les apôtres,
Ainsi qu'un vieil abus, soient remplacés par d'autres,
Ou plutôt que le monde, éclairé sur ses droits,
Ne reconnaisse plus ni créateur, ni rois.

D'un système pareil ruinant l'espérance,
A la religion rattachez notre France.
Avant de discuter retrempez votre esprit
Dans celui dont le type en nos cœurs est écrit.
De lui seul peut jaillir ce faisceau de lumière
Eclairant le palais, comme l'humble chaumière.
A lui seul appartient le don de discerner
Le bien-être futur qui peut nous concerner.

Le premier des besoins c'est le salut de l'âme :
Hors de l'arche il n'est point de céleste oriflamme.
Allez donc à l'autel implorer le Dieu saint ;
Ranimez le flambeau de la foi qui s'éteint.
Jérusalem coupable, ingrate, fugitive,
Après soixante hivers cessa d'être captive.

Un même laps de temps va pour nous s'écouler.
Le tissu des horreurs tend à se dérouler.
Préparez le retour vers la terre promise,
Et de son abandon consolez notre église.

    A Rome, où notre exemple engendra les excès,
Votre chef politique a ramené la paix.
Toutefois, le foyer d'où partit l'étincelle,
Est encore palpitant d'une ardeur criminelle.
Etouffez sous la loi jusqu'au moindre brandon
Que n'éteindra jamais un loyal abandon.
Repoussez l'athéisme, étonnez le désordre,
Et du rouge faisceau les brins pourront se tordre.
Après le brisement du veau d'or en crédit, ·
Purgez le saint des saints trop longtemps interdit.

    Esdras, Eléazar, le pieux Néhémie,
En revoyant les champs pleurés par Jérémie,
Au lieu de s'occuper de leurs premiers besoins,
Préféraient au Seigneur consacrer tous leurs soins.
Le héros qui repose au seuil de l'invalide,
En foulant sous ses pieds le bonnet régicide,
Appelait de l'exil ces lévites errants,
Que n'avait pas atteints le poignard des tyrans.
Soigneux de s'appuyer sur la foi de nos pères,
Il rouvrait aux chrétiens les pieux sanctuaires;
Et le culte sacré, banni par l'apostat,
Devenait sous ses mains le culte de l'État.

    D'une faveur égale un moment honorée,
On a vu notre foi, sous Louis restaurée,
Offrir d'un zèle pur l'efficace retour;
Mais, tombé désormais sous le bec du vautour,

L'agneau que pressentit le maître d'Élysée
Est devenu pour nous un objet de risée.
On insulte, on renie, on blasphème à plaisir
L'être dont notre amour est l'unique désir.
Ont fait plus; dans l'horreur d'une brûlante crise,
Hautement de son nom le crime s'autorise,
Et livrant de nouveau le juste à Barrabas,
Imprime sur son front le baiser de Judas.
    « Nous n'avons plus besoin, nous dit-on, de tutelle:
» Etre libre est le vœu de la France nouvelle;
» Et cette immunité dont son glaive fit choix,
» D'aucun joug désormais ne veut porter le poids.
» L'honneur, ce mot pompeux, ne fut qu'un aphorisme
» Inventé pour servir l'orgueilleux despotisme.
» Il faut, en écartant l'influence du ciel,
» Que l'intérêt moral cède au matériel.
» Sous ces vieux préjugés lâchement asservie,
» Il est temps que la terre use enfin de la vie.
» Apprenons aux tyrans que la seule raison
» Suffit pour éclairer le moderne horizon.
» La légitimité, chimère despotique,
» Ouvrirait un abîme à l'ère politique.
» Effaçons la légende où notre aveugle foi
» Souscrivit ce vieux mot : *Dieu, ma dame et mon roi:*
» Qui reconnaît un maître au ciel ou sur la terre
» Envers la liberté commet un adultère. »
    Ainsi parle le siècle, ou plutôt l'insensé
Que le vil aboyeur loin du gîte a lancé.
Pourvoyez votre bras d'une verge incisive,
Et, donnant un exemple à l'Europe attentive,

Obligez cette meute à garder le respect
Qu'exige le retour d'un zèle circonspect.
La France libérale, ardente, mais chrétienne,
A besoin qu'en sa foi le pouvoir la maintienne.
Un moment égarée, elle vise au repos.
De ce germe de paix comprenez l'a-propos;
Réveillez la ferveur trop longtemps assoupie,
Et, bravant à nos yeux le rire de l'impie,
Allez, sur le parvis du temple déserté,
Vouer les premiers fruits de notre liberté.

Salomon, convaincu de l'humaine faiblesse,
Avant toute faveur, demandait la sagesse.
Imitez sa prudence; humble envers les cieux,
Priez le Tout-Puissant qu'il dessile vos yeux :
Qui veut guérir un mal en recherche les causes,
Et qui craint la piqûre ôte l'épine aux roses.

Au nombre des fléaux dont nous sommes atteints
Figure le mépris des devoirs les plus saints.
C'est lui qui, nous livrant à l'orgueil sophistique,
Etouffa dans nos cœurs le germe apostolique.
Hélas! trop occupés des choses d'ici-bas,
Nous usons notre vie en puériles débats.
Sans songer que tout cesse, excepté notre juge,
Au sein de nos grandeurs nous cherchons un refuge;
Oublieux du passé, fatigués du présent,
Nous demandons au vague un fardeau moins pesant.
Le dieu qui nous promit une gloire immortelle,
A peine obtient de nous l'apparence d'un zèle.
Au jour qu'il se réserve, ameutés par l'erreur,
D'un intérêt civil nous souillons notre cœur;

Et d'un lambeau de règne embrassant la chimère,
Enfants dénaturés, nous fuyons notre mère.
Oui, l'Église, en ce jour, pleure sur le dédain
Que fait du sacrifice un pouvoir tout mondain;
Sa tendre charité, dans cette indifférence,
Aperçoit l'avenir qu'on jette à l'ignorance;
Elle pressent de loin tous les maux que sur nous
Peut encore assumer le céleste courroux.

    Quand le législateur, loin d'éclairer la foule,
Engloutit le fanal d'où la clarté découle,
Egaré sur ses pas, le vulgaire, à son tour,
Ne fait plus sur lui-même un vertueux retour;
Mais lorsque, pénétré d'une trop juste crainte,
Il applique à ses lois une céleste empreinte,
Heureux de se soumettre, un peuple tout entier
Passe du chemin large à son étroit sentier.
Ainsi, chez nos ayeux, l'enfant de la promesse,
Au signal argentin, quittait tout pour la messe.
Heureux temps! Jours de paix et de prospérités!
Jours que rendait si purs le goût des vérités!
Ne brillerez-vous plus sur notre belle France?...

    Arrêtons-nous; le ciel nous laisse une espérance.
Après l'heure de crise, un malade renaît;
Le délire passé, l'homme se reconnaît.
De l'irréligion le funeste ravage
A laissé le vaisseau debout sur le rivage.
Attendons qu'un pilote, exercé dans son art,
Le ramène sans perte à son point de départ.
Jusque-là, grands esprits, comprenez que le culte
Est le premier besoin d'une nature inculte.

14

Au pauvre qui soupire accordez le seul bien
Qui puisse consoler un dénuement chrétien.
C'est peu de rester neutre ; il faut, sans être injuste,
Au cèdre centenaire assujétir l'arbuste :
Un obscur préjugé ne saurait prévaloir
Sur l'évident rayon que Dieu nous laisse voir.

    Proclamez hautement cette loi révélée,
Au livre gallican par vingt siècles scellée.
On peut, sans renverser le buste des faux dieux,
Sans porter le tranchant sur le bois des hauts lieux,
Sans faire des martyrs, sans se montrer barbare,
Amener au bercail la brebis qui s'égare.
On n'a que trop parlé de nos droits méconnus :
Parlez-nous des devoirs dont nous sommes tenus.
Que notre repentir, poussé par votre zèle,
Eteigne le foyer qui dévore notre aile.
A l'autel du Seigneur prosternés comme nous,
Conjurez l'avenir qui nous menace tous.
Ce premier pas franchi, fournissez la carrière ;
A l'esprit de sagesse empruntez la lumière,
Et portant la réforme au sein de nos abus,
Détruisez les erreurs dont nous sommes imbus.

    La pire, selon moi, c'est cette frénésie,
Indocile raison, politique hérésie,
Au moyen de laquelle un factieux esprit
Contre tous les pouvoirs hostilement s'inscrit.
Soyons libres et fiers ; mais, sages dans nos vues,
Ecartons à jamais le règne des bévues.
Obéir en esclave est indigne de nous,
Accepter un tuteur pourrait nous sauver tous.

Néanmoins, s'il n'obtient qu'une ère fugitive,
A quoi pourra viser sa prudence captive?
Epreuve temporaire, inerte pour le bien,
Pouvoir exécutif qui n'exécute rien,
Fantôme qu'un caprice a fait et peut refaire,
Aura-t-il pour fonder le loisir nécessaire?

En bonne politique, il faut qu'un souverain
Puisse longtemps mûrir les œuvres de sa main ;
Que ferme sur sa base, ainsi que l'obélisque,
Au fort de la tempête, il ne courre aucun risque:
Or ce valide aplomp, ce nerf d'autorité
Ne subsista jamais sans la sécurité.
Le chef qu'un nouveau chef incessamment remplace,
Occupé de lui seul, pour tout autre est de glace;
Et les ambitions qui se poussent du pied
Ne donnent à l'état qu'un membre estropié.

Combinez cette chance. Au lieu d'un automate,
Offrez à la patrie un ferme diplomate,
Un homme qu'au besoin la poudre de canon
Puisse un jour cuirrasser d'un courageux renom.
Son pouvoir toutefois, s'il n'est héréditaire,
Aura peu de crédit chez les grands de la terre :
On ne respecte pas un titre passager
Qui n'a point son appui sur le droit lignager.

Mais, dira le puriste, en fait de République,
On ne saurait marcher dans une route oblique.
Un mandat, quel qu'il soit, n'est jamais éternel:
Qui l'osa retenir fut toujours criminel.
Le vœu qui sur un seul concentre un bénéfice,
A le droit d'en borner l'arbitraire exercice.

Admettons. Nierez-vous que le bien projeté
Par un nouvel élu puisse être rejeté?
Qu'un maladroit pinceau, sous une main peu sûre,
Puisse à l'œuvre sublime injecter la souillure?
Avouez-le, si l'homme usait bien du mandat,
Vous auriez intérêt à ce qu'il le gardât.

Passant de ce dilemme à celui qu'on écarte,
Avec l'hérédité je voudrais une Charte.
Un peuple émancipé que règlent trois pouvoirs,
S'ils sont bien pondérés, chérit tous ses devoirs.
Le prince, à son exemple, heureux de vivre libre,
Entre chaque intérêt garde un juste équilibre.
Alors se réalise et devient pertinent
Ce rêve de bonheur si douteux maintenant.

En concédant ce point, dira la concurrence,
Où trouver le sujet qui peut plaire à la France?
A cet égard, Messieurs, je ne préjuge rien,
Le sentiment de tous doit primer sur le mien;
Que ce soit présidence, empire ou monarchie,
Tout sourit à mon cœur, excepté l'anarchie.

Abordons à leur tour ces intérêts privés,
D'où les grands intérêts sont, je crois, dérivés.
Croyez-vous que le peuple, écrasé sous la charge,
Ait dans notre système une allure assez large?
Un chancre financier, que nul sens n'assouvit,
N'est-il pas le fléau de toute chair qui vit?
Depuis que la réforme entre nous s'intercale,
A-t-elle mis un frein à la fièvre fiscale?
Avouons-le, c'est là qu'est le nœud gordien:
Qui ne le tranche pas n'est qu'un comédien.

Centime temporaire ou charge immédiate,
Un impôt sans mesure a-t-il l'air démocrate?
Ouvrez donc sur ce point la carrière au progrès;
Que l'ogre, s'il se peut, soit resserré de près;
Faites rétrograder l'envahissante cote,
Et le serf affranchi cessera d'être ilote.
　On pourra m'objecter les besoins de l'État;
Mais la cause du mal n'est pas son résultat.
Bornez-vous aux moyens d'une juste défense,
Et vous pourrez alors restreindre la dépense.
Un million de bras, si nous étions Français,
Serait-il nécessaire au maintien de la paix?
Donnez à notre époque une allure plus calme.
Avant de la cueillir, ne brisez pas la palme:
Au dehors, au dedans, le cri de la terreur
Fut toujours des fléaux le triste avant-coureur.
　Ce point élaboré, du budget annuaire
Examinez à fond le chiffre textuaire.
Article par article, élaguez du calcul
Tous besoins entachés d'excès ou de cumul.
Ce n'est pas tout, rendez au crédit, qui balance,
Une sécurité qu'éteint la violence.
Au lieu de tolérer l'esprit de faction,
De la loi qui sévit ranimez l'action.
Sur ces Gracques nouveaux, que la noble tribune
A vus plus d'une fois changer notre fortune,
Assumez la rigueur d'un libre démenti:
Le droit qui sait agir n'en est que mieux senti.
Quand l'ordre social marche vers l'équilibre,
Qui s'érige en tribun ne sait pas être libre.

Il me reste un abus à signaler encor :
C'est ce vil égoïsme, affamé de notre or,
Dont le luxe indigent, sous un air hypocrite,
Envahit les emplois dévolus au mérite,
Et qui, jusqu'à la glèbe, infectant les esprits,
Fait du travail des champs l'objet de nos mépris.
Voyez tous ces flâneurs que l'émeute soudoie :
Ils ont changé leur bure en paletots de soie.
Honteux de n'être rien et de vivre ignorés,
Ils assiègent le seuil de nos palais dorés.
Chassez-les du forum, ils iront au village
Affamer le vieillard qui succombe au grand âge.
Héritiers sans pudeur, ils raviront les œufs
Du père maladif qui s'immola pour eux.
D'autres, plus raffinés, viendront prêter l'oreille
Au foyer domestique où le patron sommeille,
Et de là, combinant leur cupide larcin,
Dépouilleront l'ami qui leur ouvrait son sein.
Je ne parlerai pas de ces faiseurs de dupe,
Intrigants déhontés qui vont flairer la jupe,
Et qui, sous les dehors d'un zèle peu chrétien,
De la veuve crédule accaparent le bien.
Je ne veux pas non plus signaler cette école
Où, comme un vil métier, s'apprend le monopole :
Excrément des beaux-arts qu'il feint de protéger,
Ce commerce illicite a besoin de purger.
Mais au seul avenir appartient la censure :
Un beaume intempestif guérit mal la blessure,
Et ce qui doit un jour ranimer le bon goût
Ne saurait dériver des égoûts de l'égoût.

Venons au résultat. Si vous êtes des hommes,
Elaguez les vapeurs du cloaque où nous sommes,
Et, purifiant tout sans peur d'être haïs,   .
Du choléra moral préservez le pays.

QUINZIÈME POLÉMIQUE.

Aux Orateurs jeune France.

Incorruptam fidem professis neque amore quisquam et sine odio dicendus est.

(TACITE. H. L. 1ᵉʳ P. 4.)

Celui qui se consacre à la vérité doit parler sans amour et sans haine.

Au moment où le foudre, allumé sur nos têtes,
Enflamme l'horizon toujours gros de tempêtes;
Alors qu'un long silence, étouffant les échos,
Flatte nos sens troublés d'un leurre de repos;
Dans ce calme apparent que suivent les orages,
Ouvrez, jeunes Français, l'oreille aux avis sages:
Instruit par le passé, vieilli par le malheur,
J'éprouve le besoin de vous ouvrir mon cœur.
　　L'état de cécité qui frappa notre France
Attend comme remède un rayon d'espérance.
A vous seuls est donné de soulager un jour
Le mal dont sa manie éprouve le retour.

Puisque vers le forum, où l'orateur domine,
Avec empressement votre pied s'achemine,
Envieux de briller, mûrissez votre goût;
Mais pour y parvenir instruisez-vous de tout.
L'intelligence voit, la science démontre
Et fait apprécier les motifs pour ou contre.
Une mâle énergie a pour régulateur
Cet instinct qu'au cerveau jeta le créateur.
C'est par lui qu'averti de l'humaine faiblesse,
On acquiert cet aplomb qualifié sagesse.
Un esprit exercé, plus sûr de ses moyens,
Sait des biens apparents distingner les vrais biens.
Le jugement compare, apprécie ou signale,
Et de l'erreur des sens affranchit la morale.
Il n'est pas de bon choix sans le discernement.
L'homme a toujours au mal son acheminement ;
Le tout est de régler sa marche vicieuse.
    Avez-vous une ardeur aveugle, ambitieuse,
Opposez à ce feu la modération :
La sensualité veut la privation.
Entre la crainte inerte et la brûlante audace,
Un courage éprouvé tient la meilleure place,
Et dans l'irruption des contraires excès,
La vertu qui calcule a toujours libre accès.
    Mais parmi tous les maux dont le vrai bien s'entoure,
A quel signe certain faut-il que l'on recoure?
A défaut du présent, consultez le passé :
Le type des vieux jours ne s'est point effacé.
    Le disciple chéri qu'avait formé Socrate,
En déplorant l'erreur d'une patrie ingrate,

Aux nobles rejetons, qui furent des héros,
Tenait, il m'en souvient, ce lumineux propos.
L'attrait que le plaisir en notre âme insinue
Obscurcit la raison dont l'éclat diminue,
Et tous les mouvements d'ivresse ou de douleur,
Dans leur cours déréglé, maîtrisent notre cœur.
Si l'excès du travail produit la léthargie,
Un labeur modéré double notre énergie.
Ainsi, pour être sain et d'esprit et de corps,
Sachez de tous les deux ménager les ressorts.

L'action dont l'objet a son motif honnête,
Obtient l'assentiment que la raison lui prête,
Et cet acte parfait, longuement débattu,
S'il est réitéré, prend le nom de vertu.

La liberté d'agir est un don qu'à son œuvre
Accorda le moteur sous qui le ciel manœuvre.
Agent de ce pouvoir qui ne veut que le bien,
La nature ne donne et ne refuse rien.
Le germe des vertus, comme celui des vices,
Ou languit ou fermente au gré de nos caprices,
Et l'instinct qui conduit soit au bien, soit au mal,
Devient par notre choix favorable ou fatal.

J'ajoute: Si la grâce, en tout temps salutaire,
Au lieu d'agir en nous, s'obstinait à se taire,
En vain cette raison, qu'égare le penchant,
Dicterait son précepte à l'homme né méchant;
L'orgueil qui le perdit, toujours sur le qui-vive,
Eteindrait dans son cœur la clarté la plus vive.
Alors qu'il est troublé, le sage selon Dieu
Cherche à tenir en tout le plus juste milieu.

Si le doute l'opprime, en cette incertitude,
Il demande au Très-Haut l'esprit de rectitude ;
Illuminé par lui, son vieil être insurgé,
Plus soumis, s'humilie et le vice est purgé.

Auréole du Christ, la lumière éternelle,
Au moyen de la foi, parmi nous se révèle,
Et l'incréé rayon, qu'obscurcirent les temps,
Sous un rite plus pur s'insinue en nos sens.

Qu'il eût été joyeux ce Platon, que la Grèce
Admirait dans ses mœurs, dans sa haute sagesse,
A qui tous les respects furent jadis acquis,
S'il eût vu l'univers par l'homme Dieu conquis !
Mais, d'un autre côté, quelle tristesse affreuse
Eût saisi tout-à-coup son âme généreuse
A l'aspect de la croix où, presque anéanti,
Succomba le martyr qu'il avait pressenti.

Hélas ! trop convaincu de l'humaine malice,
Un payen voit de loin ce monstrueux supplice,
Et nous, qu'un même instinct aurait dû prémunir,
Nous prodiguons l'outrage à qui sait le punir.
Fiers du honteux vertige où notre orgueil s'admire,
Au sauveur tant promis nous dénions l'empire,
Et, croyant échapper à nos cuisants remords,
Sous notre impiété nous dévorons le mors.

O qu'il est douloureux cet état de révolte
Où l'aveuglement sème, où l'audace récolte,
Où, dans un avenir souvent mal aperçu,
L'homme qu'on circonvient se voit toujours déçu !

Malheur à l'insensé qui, séduit par l'impie,
Ose embrasser l'erreur qu'enfanta l'utopie,

Et qui, pour s'affranchir du frein religieux,
Remue à contre-sens et la terre et les cieux !
   Malheur à l'ignorant dont l'aveugle délire
Interroge le livre où son œil ne peut lire,
Et, dans l'égarement d'un furieux transport,
Fuit l'ancre de salut qui le fixait au port !
   Malheur à l'homme instruit qui, mû par un vain songe,
A notre conscience impose le mensonge,
Et, berçant notre orgueil d'un chimérique espoir,
Nous excite à braver l'action du pouvoir !
   Malheur aux factieux qu'une main sanguinaire,
En dépit de la paix, signale au mercenaire,
Et qui, dans le désordre où son cri fait écho,
Dénie aux gens de bien la clameur de haro !
   Malheur, dit le prophète, à la plèbe insurgée
Qui sourit aux erreurs dont elle était purgée,
Et, dans un communisme offensif à son Dieu,
Restaure le veau d'or qui souillait le saint lieu !
Malheur, cent fois malheur à cette terre ingrate
Où siffle nuit et jour le serpent qui la flatte,
Où les germes de foi, par le crime échauffés,
Sont dans le fond des cœurs tour-à-tour étouffés !
   Malheur aux nations qu'abrutit l'anarchie,
Aux turbulents esprits las de hiérarchie,
A ceux qui, dans le trouble où s'éteint la vertu,
N'opposent aux raisons qu'un orgueil dévêtu !
   Malheur à tout mortel qui, par un faux système,
Insulte à ce foyer d'où jaillit l'anathème,
Et qui, sourd aux avis de la voix du désert,
Dans son impiété, rêve un bien qui le perd !

Mais dans l'égarement où plonge l'athéisme,
Heureux qui s'affranchit de ce vil despotisme,
Et qui, par un remords tardif, mais bien senti,
Donne à ses corrupteurs un libre démenti!
Celui-là ravisé bondira d'allégresse.

Un flexible roseau sous la main se redresse,
Et, pompant la chaleur que le rayon produit,
A la sève égarée ouvre un libre conduit.
De même l'homme droit, qu'abattit la tempête,
Après le jour néfaste élève encor sa tête:
Il ne faut au bon sens, un moment ébloui,
Que la réflexion d'un cœur épanoui.

La vertu que dirige une active prudence,
Au fort même du trouble a son indépendance,
Et son joug une fois par le calme accepté,
Dans l'être satisfait produit la volupté.

La folle passion, sous l'effet de sa rage,
A de l'activité, mais jamais de courage.
Ainsi le sanglier, par le chasseur blessé,
Se jette sur le fer dont il se voit percé.

Quel est donc le mortel qu'on puisse, à juste titre,
Appeler vertueux? Celui qu'un libre arbitre
A l'honnête motif rattache fortement,
Que la saine raison sèvre d'emportement,
Et qui, dans le péril où son ardeur s'excite,
Au gré d'un fier élan soudain s'y précipite.

Il est d'autres rapports, intimes, gracieux,
Sous lesquels la vertu se dévoile à nos yeux.
Ces cas sont réservés à l'homme qui, dans l'ombre,
Aimé de ses amis, n'en a qu'un petit nombre,

Ou qui seul avec Dieu, contemple nuit et jour
Le modèle parfait qu'entrevit son amour.
Enfermé dans le cercle où son âme est restreinte,
Il dédaigne l'éclat d'une vulgaire étreinte,
Et joyeux dans le port voit d'un œil assuré
L'orage qui couvait sous un ciel azuré.
Plein de ce calme heureux qu'éprouve un esprit ferme,
Il voit couler ses jours sans en craindre le terme.
Exempt des vieux remords qui déchirent le cœur,
Il laisse à l'avenir le soin de son bonheur.
Tout le bien qu'il a fait, qu'il voudrait encor faire,
Ou l'excite à jouir ou permet qu'il espère;
Et l'estime d'autrui, qu'il ne mendia pas,
Vient à sa propre estime ajouter ses appas.
Lui seul a donc perçu la félicité pure.
En effet, le bonheur pour l'infirme nature
Est dans les résumés plus ou moins débattus
D'un tissu d'actions conformes aux vertus.
   Si le sage en lui-même avec foi se repose,
A combien de tourments le vicieux s'expose!
Entraîné vers un but qui recule toujours,
Des intimes conseils dédaignant le secours,
Aux seules passions son esprit s'abandonne.
Aimé de peu de gens, il ne chérit personne.
Egoïste abruti, libertin sans pudeur,
Tout ce qui pousse au mal enflamme son ardeur.
En vain par l'étalage il éblouit le monde,
Encensé des méchants, sur lesquels il se fonde,
On le voit un moment briller d'un faux éclat;
Mais, frappé de revers, son orgueil tombe à plat.

C'est alors qu'éloigné de rentrer en lui-même,
Il accuse le ciel que sa lèvre blasphème,
Et, dans le fond du cœur enfermant son dépit,
Cache un hideux moral sous un corps décrépit.

La gloire, les honneurs, l'opinion, le faste,
Ont donc peu d'importance aux yeux de l'âme chaste.
Eclairé sur ce monde, enclin à tout narguer,
Ce n'est pas devant lui qu'on doit se distinguer;
C'est à ce tribunal où le souverain juge
A la seule innocence ouvrira son refuge.

Il n'est, hors la vertu, que divagation.
La noble indépendance et l'élévation
Jamais de l'insensé ne furent le partage;
Elles seront toujours les attributs du sage.
On ne saurait chercher ou voir, en aucun lieu,
La source du vrai bien qui n'existe qu'en Dieu.

La vertu vient de lui. Vos honneurs, vos richesses,
Inutiles hochets que souillent vos faiblesses,
Enfin ces agréments que l'on trouve si doux,
Sont à vous, j'en conviens, mais ils ne sont pas vous.
L'homme est tout dans le cœur; la sagesse divine
Ou l'entoure d'une ombre, ou plus tard l'illumine;
Et le soudain rayon de ce principe inné
Le ramène au foyer dont il est émané.

Quand des perfections l'éternel exemplaire
Aura frappé cet œil attentif à lui plaire,
En se communiquant, Dieu lui découvrira
Le point du centre unique où l'âme aboutira.
Pour s'identifier à ce brillant modèle,
Heureux, électrisé, plein d'un amoureux zèle,

L'homme reproduira, du moins par quelques traits,
L'esquisse du vrai beau dont il vit les attraits.
Des choses d'ici-bas la plus juste mesure
Est l'être dont le temps ne gêne point l'allure,
Et qui, dans les douceurs d'un intime repos,
Lui seul fait tout surgir, tout mouvoir à propos.
Souverainement sage, il voit, sévit, pardonne,
Et de ses jugements ne doit compte à personne.
Il laisse un libre cours aux funestes penchants,
Récompense le juste ou punit les méchants.
L'homme simple de cœur trouve en lui ses délices,
Et le vain, à son tour, les plus cruels supplices.
Ainsi le mécanisme obéit au ressort,
Et porte à l'industrie ou la vie ou la mort.

   Si le sophiste impur méditait l'évangile,
  Aux dogmes révélés s'ils se montrait docile,
Empreint de leur cachet, son esprit novateur
Dans tout ce qui se meut verrait un créateur.
Les blocs inanimés, parcelles de la terre,
Ainsi que l'eau stagnante ou les feux du tonnerre,
Ainsi que les métaux de leur couche exhumés,
Les perles de la mer, les volcans enfumés,
Tout ce que la physique étale à notre vue,
Ou calme d'éléments ou tempête imprévue,
Annoncerait l'auteur qui de cet univers
Avait su combiner les mouvements divers.
Frappé d'un tel spectacle, on verrait l'incrédule
Abjurer un orgueil que le vertige adule.
Au pied des vils tréteaux, le vulgaire offensif
Ne vous jetterait plus son dédain préventif.

  15

Mais la mauvaise foi, ressource de l'athée,
Au dernier échelon de nouveau s'est portée,
Et la hideuse plèbe, à son tour rugissant,
Pour détrôner ses rois nie un Dieu tout puissant.
Vous donc qu'a respectés cette fureur impie,
Au système idéal que rêva l'utopie
Opposez les élans d'une énergique foi :
Qui résiste à l'enfer n'en subit pas la loi.
Démontrez à ces fous dont rougit notre époque
Et leur tort et celui du sang qui les provoque.
Instruits des vérités que le Christ épura,
Par ce qui fut jadis jugez ce qui sera.
De tout temps le pervers au légitime culte
Opposa le débord du mépris qui l'insulte.
Alors que Dieu parlait dans un sens mesuré,
Que le dogme chrétien n'était que figuré,
La voix du faux prophète, excitant le vertige,
A la foi d'Israël inculquait le prestige ;
Et plus tard, sous Pilate, on vit l'impiété
Prodiguer le sang pur à la satiété.
Rome eut ses échafauds, ses grils, ses eaux bouillantes
Où les humbles martyrs, de leurs voix défaillantes,
Invoquaient l'être saint qui, les temps révolus,
Devait sur sa ruine établir ses élus.
De nouveau renié, le Très-Haut dont la France
Eprouva si longtemps l'active préférence,
Après vingt ans d'outrage, a fait peser sur nous
Les paternels effets de son juste courroux.
Néanmoins le veau gras, que sa bonté réserve,
Au jour du repentir nourrira qui s'énerve.

Il n'attend, pour briller en face des partis,
Que le jeûne forcé das gloutons appétis.
Ce n'est que dans le trouble où jette la famine,
Après l'accès fiévreux du besoin qui le mine,
Et sous l'abattement des convulsifs efforts,
Que le fils égaré cède au frein du remords.
Ainsi, quand tout Jacob, infecté de la peste,
Au seuil du roi David poussait un cri funeste,
Attendri sur ses maux et touché de ses pleurs,
Le Dieu saint faisait trève à ses longues douleurs.
Espérons qu'à son tour, bien pénétré des choses,
Un peuple en sa grandeur réglera mieux ses poses,
Et que la liberté dont les temps sont imbus,
Fera de ses bienfaits disparaître l'abus.
  Toutefois, jeunes gens, si le Dieu de vos pères
Accordait à vos vœux des destins plus prospères,
Au comble des souhaits n'oubliez pas du moins
Les crises dont hier vous fûtes les témoins.
Que dans vos souvenirs l'impiété moderne
Ait pour contre-poison cette foi qui discerne,
Et qui sous les replis d'un zèle tout chrétien
Fait du sens révélé son plus cher entretien.
Puisez dans les vertus que fit germer l'Église
Un courage épuré qui vous immortalise.
En lutte avec l'impie, opposez à ses cris
L'argument que la grâce inculque aux bons esprits.
Couverts de cette égide, attaquez l'incrédule :
Au feu des vérités, le mensonge recule,
Et l'athée, abattu par le trait qu'il lança,
Reste dans le néant où son pied s'enfonça.

Les abus dont nos lois sont encore infectées,
Ainsi que les erreurs trop longtemps respectées,
Ont produit, j'en conviens, de terribles effets;
Mais l'impiété seule engendra nos forfaits.
Ce point bien établi, consacrez l'éloquence
A tirer du présent la juste conséquence.
Avant de ruminer les décrets à venir,
Défendez le blasphème au fiévreux souvenir;
Que la religion, aujourd'hui combattue,
Echappe aux vieux retours de ce froid qui la tue;
Enflammez les esprits d'un zèle plus sensé :
Le Dieu, qui seul est grand, doit seul être encensé.
   Ce n'est pas que je veuille, inquisiteur sans titre,
Au commun des mortels ravir le libre arbitre;
En brusquant son allure, on peut faire un faux pas;
La vérité s'annonce et ne s'impose pas.
   Tolérez, s'il le faut, l'erreur de conscience :
Elle peut avec vous faire encore alliance.
Une brebis perdue, à la voix du pasteur,
Echappe quelquefois au loup dévorateur;
Mais l'animal rétif, qui désarçonne un maître,
Enfoncé dans la vase, y meurt sans se connaître.
   Ainsi le vil athée, en guerre avec les Cieux,
Ne 'fait ni paix ni trève au sens religieux.
Le désordre qui règne en sa molle pensée,
Après avoir jailli de sa lèvre insensée,
Au monde qu'il séduit jette comme un réseau
Le principe erronné qui troubla son cerveau.
Pressé de s'étourdir sur sa propre misère,
Il veut dans son néant plonger toute la terre,

Et toujours factieux, toujours mal inspiré,
Nous souffle ce venin dont il est déchiré.
 L'homme qui des vertus conçoit bien le mérite,
Au lieu de l'écouter, en gémissant, l'évite.
Il n'a pour auditeurs que les gens mal famés,
Comme lui, de révolte et de sang affamés.
Tout ce qui dans le luxe épuisa sa ressource
Ou des prospérités vit se tarir la source,
Idiots, faux savants, attrappés, attrapeurs,
Tout ce qui de la honte aspira les vapeurs,
Tout ce qui dans le crime impunément se vautre,
Est, de force ou de gré, sa dupe ou son apôtre.
 En effet, on comprend que ces esprits tarés,
Dans les sentiers du vice à jamais égarés,
Puissent d'un Dieu vengeur redouter la venue:
On rougit devant l'œil qui voit notre âme nue,
Et le plus sûr moyen d'amortir le remords,
C'est de nier la loi qui redresse nos torts.
 Parmi les aboyeurs dont le siècle pullule,
On voit glapir aussi le sceptique incrédule.
Insidieux renard, cet ennemi de Dieu
D'un doute universel infecte le saint lieu.
L'ignorante paresse, inactive et glacée,
Au centre du nuage hideusement placée,
Embrasse avec froideur la main qui l'assoupit.
Dans ses bras enervés le vertige croupit;
Et, d'un rire offensif insultant sa faiblesse,
Enfonce dans son cœur l'épine qui le blesse.
En tous lieux propagé, ce bilieu dégoût,
Ne s'attachant à rien, ne laisse rien debout.

Plus dangereuse encore, l'inerte indifférence
Aux peuples dépravés jette sa tolérance,
Et prête à tout souffrir hors le dogme chrétien,
Du chisme jeune ou vieux s'établit le soutien.
Nul, dans cet abandon, n'ose, en fait de vrai culte,
Avouer un penchant que le sarcasme insulte.
On gémit en secret, mais on craint au grand jour
Le dédain qui s'attache au légitime amour.

   C'est à vous que le trouble en vain fédéralise,
A vous qu'il appartient de rassurer l'Église.
Orateurs en crédit, replacez à son rang
La foi que vos ayeux scellèrent de leur sang ;
Professez ce respect, ce dévouement sans borne,
Elan qui persuade, et jamais ne suborne ;
Indulgents pour l'erreur, terrassez sans pitié
Des sophistes du jour l'ardente inimitié ;
Que tout agitateur, souillé par le mensonge,
Ait pour seul avenir le dépit qui le ronge;
Epargnez la brebis que Dieu rattache à lui ;
Mais au bouc infecté refusez votre appui.

   De l'irréligion l'aveugle fanatisme
Afficha trop longtemps son hideux pédantisme.
A cette liberté dont l'orgueil fit abus
Rendez, comme au Seigneur, ses nobles attributs.
Sans proscrire la secte, encouragez le zèle,
Et que l'homme déchu retrouve enfin son aile.

   A tous ses gouvernants soumis ainsi qu'aux lois,
Un citoyen pieux n'élève point la voix.
Son ardeur pour le bien, toujours sage et réglée,
Par son ambition n'est jamais aveuglée.

Ou César ou tribun, tout chef est à ses yeux
L'agent subdélégué du souverain des Cieux.
Tant que dure ce règne, il sert sans apathie,
Et comprime en son cœur toute autre sympathie.

Un athée, au contraire, égoïste exclusif,
Hostile à tout pouvoir qu'il déclare abusif,
S'irrite du repos qui faisait son bien-être,
Et dans son vil orgueil, ne veut que lui pour maître.
Affamé de notre or, despote improvisé,
Cet esprit factieux toujours mal avisé,
Des rois qu'il expulsa dérobant la puissance,
Impose à ses égaux le joug de la licence.

Ameuté par ce fou, l'avide plébéien,
De son frère enrichi devenu le Caïn,
Sous l'effet du transport qui dépave la rue,
Insulte aux gens de cœur sur lesquels il se rue.
En ses votes confus, tout aussi dépravé,
Son turbulent émoi, dans l'ivresse aggravé,
Des égoûts de Paris fouille les immondices,
Et jette à nos fauteuils la crapule des vices.

Attentifs à purger l'urne des bulletins,
Eloignez du concours les meneurs cabotins.
Que l'homme sans aveu, sans nom, sans domicile,
Ecarté par la loi, concentre ailleurs sa bile.
Effacez de la liste et des cadres votants
Ceux qu'une juste peine à flétris pour un temps.
L'adulte qu'affranchit la férule du père,
Oublié par le fisc, n'a point de caractère;
Il ne doit pas jouir du pouvoir d'innover,
Car, n'ayant rien à perdre, il n'a rien à sauver.

L'ordre ainsi mieux senti, revisez notre charte,
Et qu'un sens vicieux par vos soins s'en écarte.
On conçoit qu'un pouvoir temporaire et sans nerf
De ses mauvais instincts ne peut sevrer le serf.
On pense également que la foule plus sage
A qui la servit bien doit son nouveau suffrage,
Et que ravir au chef la réélection,
C'est réduire à néant toute émulation.

On vous objectera que proroger son maître
Au despotisme usé vous conduirait peut-être.
Un pareil argument touche peu mes esprits :
Qui peut rompre un filet, n'y sera jamais pris ;
Et le vœu général, dans ce cas toujours libre,
A l'abus incliné sait rendre l'équilibre.

Eclairés sur tous points, ramenez au bercail
Ces agneaux qu'égara le brusque épouvantail.
Privé de son pasteur, le troupeau dégénère,
Et l'homme, sans la foi, n'est plus qu'un mercenaire.

SEIZIÈME POLÉMIQUE.

A la Jeune France.

Reipublicæ fatum in vestrd manu posi-
tum est.

(TACITE)

La destinée de l'état est entre vos mains.

Jeunes gens d'avenir, vous qu'un instinct fidèle,
En dépit du sophisme, enflamma d'un beau zèle,
Au fil interrompu de mes premiers discours
Prêtez, s'il est possible, un sérieux concours.
Le sage des vieux temps, sur les causes premières
Ayant voulu jeter quelques faibles lumières,
Au disciple chéri formulait ce rapport:
« Je rêvais, disait-il, qu'ennuyé de mon sort,
» Je parcourais, brûlé par une ardeur fiévreuse,
» Un chemin qu'encombrait une foule nombreuse.
» A pas précipités et couverts d'un bandeau,
» Nous foulions un terrain mouvant sous le fardeau.
» Quelques-uns, sans rien voir, jetaient des cris de joie;
» La plupart attristés se courbaient sur la voie.

» Ainsi qu'eux tout confus, je ne me rappelais

» Ni d'où j'étais parti, ni le but où j'allais.

» Dans cette obscurité, plein d'un pénible doute,

» A ceux qui près de moi chancelaient sur la route :

» Apprenez-moi, disais-je, où vise notre espoir?

» Les uns me répondaient: nul ne peut le savoir,

» Mais chacun d'entre nous suit le pied qui précède,

» Et précède à son tour l'homme qui lui succède.

» Un ramas plus hideux lourdement glapissait

» Le mot proverbial : *poussons qui nous poussait.*

» D'autres, plus éclairés, me disaient: notre course

» Est l'image du flot qui remonte à sa source.

» Insensibles aux cris dont la foule s'émeut,

» Suivons l'impulsion de la force qui meut.

» Condamnés par le Ciel à fournir la carrière,

» Allons sans trop jeter le regard en arrière.

   » Ainsi, peu rassuré, je suivais le torrent,

» Lorsqu'une forte voix dit à ce peuple errant :

» *C'est ici le sentier de la vérité pure,*

» *Hommes, suivez en tout l'instinct de la nature.*

» Emu, rempli d'ardeur, j'entrai dans ce chemin..;

» L'invisible mentor me saisit par la main,

» Puis m'ôtant mon bandeau, fit dériver mon doute

» En un bois ténébreux plus sombre que ma route.

» Une foule de gens, égarés comme moi,

» Sous des guides pareils subissaient mon émoi.

» Ces derniers agitant des torches sulfureuses,

» En faisaient rejaillir des traces lumineuses,

» Et, nous éblouissant, se disputaient l'honneur

» De nous désaltérer aux sources du bonheur.

» Changeant parfois d'enseigne, et sous divers auspices,
» On me voyait courir à d'affreux précipices.
» Enfin, le corps meurtri, le cœur gros et déçu,
» Je m'éveillai honteux de ce triste aperçu.
    O jeunesse! tel est l'état de notre France.
Après le calme heureux que produit l'innocence,
En l'accès convulsif qui dégoûte du bien,
Pour vouloir trop jouir, en ne jouit de rien.
.Le siècle de lumière, emporté par sa fièvre,
A force de courir, perd la trace du lièvre ;
Il substitue aux rois des tribuns insurgés,
Et de grandes erreurs à de grands préjugés.
    La nature en tout temps fut couverte d'un voile,
Et l'œil dans la nuit sombre est privé de l'étoile.
En vain l'homme ici-bas cherche à tout découvrir,
Le grand livre est scellé, Dieu seul pourra l'ouvrir.
La science, muette à l'aspect du mystère,
En ses abstractions, ne dit rien à la terre.
    On voit pourtant jaillir de tant d'obscurités
Le rayon lumineux des saintes vérités.
Ce fanal tant prédit que le Christ a fait luire,
Aperçu du chrétien, suffit pour le conduire.
Avouons toutefois que l'antique ferveur
Est loin des fondements que posa le Sauveur.
L'Archange foudroyé du fond de son abîme,
Ose ravir les fruits que sa vengeance dîme,
Et boursoufflant d'orgueil le vertige français,
A l'esprit novateur improvise un succès.
Dans ses exhalaisons l'infernale bouffée
Infecte notre foi sous l'opprobre étouffée,

On s'excite au blasphême. Un retour instinctif
A l'écho des saints lieux jette un cri négatif.
Pressé de se soustraire à la main qui châtie,
On récuse le juge enfermé dans l'hostie,
Et, libre de ce joug, le vulgaire insensé
Renonce l'être saint qu'il avait encensé.
Dans ses combinaisons, le matérialisme,
Exhumant les erreurs que prêcha l'athéisme,
Aux peuples dépravés n'offre pour avenir
Qu'un effrayant lambeau de leur vieux souvenir.
L'existence d'un Dieu, par les temps attestée,
En de honteux écrits se trouve contestée;
Et, pour doubler encor nos impuissants regrets,
Ce flux d'impiétés prend le nom de progrès.

L'esprit du jour, vainqueur de la foi qu'il remplace,
A ses mauvais penchants livre la populace;
Et dans ce fier mépris de la divinité,
La licence ne voit que son impunité.
Meurtri par le sabot, tout citoyen capable
Est au yeux de la foule un délégué coupable.
Il ne faut à l'espoir du paysan raisonneur
Que des gens diffamés, sans aveu, sans honneur.
Des rouges d'autrefois la sanglante livrée
Apparaît sympathique à la France enivrée.
On proscrit le mérite, et le fiévreux niveau
Sur les rangs supprimés s'établit de nouveau.
Le désordre partout, recrutant la bassesse,
Imprime l'anathême au seuil de la richesse;
Et quiconque est sans barbe ou mieux effigié,
Dans l'esprit du vulgaire est privilégié.

De là l'antipathie où croupit cette plèbe,
Hydre des carrefours, souillant jusqu'à la glèbe,
Hostile à tous ses chefs, hostile même à Dieu,
Vociférant ses cris sur le seuil du saint lieu,
Monstre qui, dépavant les trottoirs de nos rues,
Au camp des vagabonds emprunte ses recrues,
Et par l'assassinat du prêtre ou du héros,
Prélude à nous ravir tout espoir de repos ;
Groupe d'agitateurs que la force du glaive,
Elle seule, a purgé de sa brûlante sève,
Et qui prêt à rugir au moindre coup d'état,
Sous l'antre amnistié médite l'attentat.
« Mais, disent les meneurs, pourquoi, puisqu'on est libre,
» Admettre un droit privé qui rompt tout équilibre?
» Entre des gens égaux, posséder est un dol :
» La propriété donc ne peut être qu'un vol.
» Notre élan fraternel, surgi du bas étage,
» Attend d'un sol commun l'équitable partage.
» A l'égard des emplois, quand tout est nivelé,
» Nul, s'il n'en a joui, n'y doit être appelé.
» Ces hommes éloquents dont la plume servile
» Encensa tour-à-tour les tyrans du Phœcile,
» Ecartés à jamais des corps délibérants,
» Ne peuvent du civisme être les adhérents.
» Que dans chaque métier le bulletin choisisse
» Un homme toujours prêt à nous rendre service ;
» On est assez instruit lorsqu'on est citoyen :
» Le véritable sens et le sens plébéien.
» Purgeons la liberté de l'aristocratie :
» Où règnent les talents plus de démocratie.

» Excepté vous et nous, rien ne doit subsister,

» Sur ce point capital c'est assez insister.

» Nos maîtres abattus, portons au despotisme

» Un coup tiré de loin par le patriotisme.

» Esclave des pasteurs, le manœuvre suspect

» A ses rois comme à Dieu croit devoir son respect;

» Délivrons de ce joug sa passive ignorance,

» Et que le droit divin soit au banc de la France.

» Apprenons au vieux serf embauché par le sot

» Que la divinité ne peut être qu'un mot.

» L'homme au bout de son temps, redevenu poussière

» Abandonne ce corps enveloppe grossière,

» Et sorti du néant, s'y replonge à regret:

» Des choses d'ici-bas voilà tout le secret.

» Quant aux destins futurs dont le prêtre nous berce,

» Enfer ou paradis, ce n'est là qu'un commerce.

» On vend les sacrements, les messes, les pardons,

» Et tout est productif aussi bien que les dons.

» Le grossier laboureur, avare de nature,

» A compris l'odieux de cette dictature;

» Il résiste au servage et voit d'un œil plus fier

» Les abus d'un clergé qui lui coûte si cher;

» Mais il a des enfants que sa sollicitude

» Aimerait à pourvoir des trésors de l'étude;

» Or l'homme de la dîme, à regret départi,

» De son amour de père a su tirer parti.

» Démontrons qu'en tous cas le lien de famille

» Est pour des citoyens une pure vétille:

» Aimer ce qui ruine, ou peut nous échapper,

» C'est mordre au chasselas que l'on vient d'égrapper.

» Qui nous prouve, d'ailleurs, que ce fils d'une amie
» A l'hymen imposé n'est pas une infamie? »
 Tels sont les sots propos qui , partout colportés,
Souillent de notre foi les germes avortés ;
Tels sont les grands moyens que l'orgueil en chemise
Oppose aux vérités que nous prêche l'Église.
A l'aide des erreurs dont les temps sont imbus,
Tout pacte social porte en lui ses abus.
La liberté si chère, elle-même infectée,
Emprunte à la licence une pose affectée ,
Et sortant du forum pour allécher les ours,
De ferments émeutiers remplit nos carrefours.
 O mes amis! sachez qu'une ferme croyance
Aux jeux de l'avenir prend seule confiance ,
Et que notre bonheur, notre prospérité,
Tout dépend du retour à la sincérité.
 J'entends dire aux gens mous : « cet état sans mélange,
» Inconnu de la terre, est le propre de l'ange ;
» Il faudrait être pur ou franc du vice inné
» Pour dompter un orgueil sans cesse mutiné. »
 Ce n'est là qu'une erreur de l'humaine paresse.
Frappez, on ouvrira, dit l'esprit de sagesse.
Il est un sûr remède à la contagion ;
Ce dictame infaillible est la religion.
Quiconque a dans le cœur des tendances pieuses
Echappe aux vieux retours des laves furieuses :
On ne s'insurge pas lorsqu'on est convaincu
Que mourir humblement c'est mourir invaincu.
La foi dans l'autre vie apprend au nouvel homme
A respecter les chefs que le vœu public nomme.

Agents de ce pouvoir qui n'a point de degrés,
Ces chefs, bons ou mauvais, lui deviennent sacrés ;
Non qu'il s'aveugle au point d'aimer la tyrannie :
On ne saurait flatter une injuste manie.
Il comprend toutefois que, libre de haïr,
Lorsque leur voix commande, il doit leur obéir.

Tel est du vrai chrétien l'humilité profonde ;
En ses liens mortels nul espoir ne se fonde ;
Il n'a devant les yeux que le bonheur promis
A ceux que le devoir trouve toujours soumis.

L'incrédule, au contraire, infatué du vice,
A l'injure sensible, insensible au service,
En fait d'hiérarchie, est un cheval rebours,
Qui du mors, quel qu'il soit, se lassera toujours.
L'éternité pour lui, c'est le moment qui passe,
Et qui, le plus souvent, laisse une affreuse trace.
Ennuyé d'un repos qui s'éteint avec lui,
Sur l'heure fugitive il fonde son appui.
L'espoir d'impunité qu'il nourrit dans son âme,
Affranchit ses remords de la crainte du blâme.
Assuré qu'il se croit de son futur néant,
Tout ce qui porte au bien lui parait malséant.
La seule indépendance a pour lui quelques charmes ;
Au gré des passions, il quitte ou prend les armes,
Et, toujours dominé par ses instincts pervers,
Du trouble qu'il éprouve infecte l'univers.

Voilà les ennemis que la crise nouvelle,
Au moyen du suffrage, à la France révèle.
Armé d'un étendard que le sang a rougi,
Cet essaim de sabreurs sur la place à rugi.

L'ordre par lui troublé laisse notre patrie
En proie aux vieux instincts qui l'ont déjà flétrie.

Armez-vous du dilemme, et dites au pouvoir
Que restaurer le culte est son premier devoir ;
Qu'un peuple sans croyance ou froid pour l'Évangile
A sa libre action sera toujours hostile.
Engagez-le de même à prêter son concours
Aux bons enseignements de nos glorieux jours ;
Non cette aveugle ardeur qui poursuit la science,
Et livre à ses dégoûts la faible conscience,
Ou plutôt à l'erreur ménage des soutiens,
Mais ce zèle empressé qui, formant les chrétiens,
Emprunte aux errements légués par les apôtres
Un type de ces mœurs déjà si loin des nôtres.
En vain l'homme à progrès jette un feu qui s'éteint :
Si Dieu n'est avec lui, jamais il ne l'atteint.
La foi seule aplanit les obstacles sans nombre
Inhérents aux secrets dont on veut percer l'ombre ;
Elle seule dévoile à notre œil prévenu
Ce qui, pour notre bien, doit nous être connu.

Si la philosophie, en son cours rétrograde,
Adoptait cette foi que sa raison dégrade,
Entraîné par l'espoir vers l'immortalité,
Notre orgueil rougirait de sa fragilité ;
Mais, ne pouvant percer le nuage, on le nie,
Et dans l'égarement d'une aveugle manie,
On trouve plus commode ou plus rationnel
D'enlever à l'esprit son principe éternel.

De là ce flux d'erreurs que notre propagande
Oppose aux vérités de la pure légende.

16

O vertige incompris ! Le moindre va-nu-pied
S'inscrit contre ce Dieu qu'il a répudié.
Jusques dans les recoins des foyers agricoles,
On entend retentir des cris républicoles,
Et sous l'impiété qui pousse aux attentats,
L'émeute impunément recrute ses soldats.
   Parcourez le village, au moment où le culte
Assemble ces chrétiens qu'allèche le tumulte ;
Ouvrez ces lieux voués aux débauches du jour,
Où la licence excite au frénétique amour ;
Vous y rencontrerez ces grossiers démocrates
Offrant le rouge bord aux fiévreux diplomates,
Et, fiers d'être menés par des hommes égaux,
Livrant leur sort futur à des rois de tréteaux.
Suivez-les au sortir de cette tabagie ;
Enivrés des vapeurs que leur vendit l'orgie,
Ils iront confier à l'urne des destins
Le scandaleux dépôt des rouges bulletins.
Demandez leur alors pourquoi leur ignorance
Impose la crapule aux rostres de la France ;
Ils vous répéteront ce propos d'aboyeur :
Plus de tyrans, à bas le prêtre et le seigneur!
D'autres, circonvenus par le Socialisme,
Exposeront aux yeux leur matérialisme,
Et, perroquets jaseurs, vous diront bien ou mal
Tout ce que leur souffla ce jargon d'animal.
Plus méchants, s'il se peut, les porteurs de besace,
Au riche qui donnait prodiguant la menace,
Iront prophétiser le jour où la raison
Devra, par le pillage, épurer sa maison.

Si ce faible aperçu des tendances vulgaires
Apparaît à vos yeux comme un ferment de guerres ;
En face du péril si vous êtes français,
Unissez vos efforts pour conquérir la paix.
La République hostile à celle qui veut l'ordre
Est l'appât réfractaire auquel on craint de mordre ;
Il faut la dégager des crasseuses rougeurs
Qui souillent de nouveau les sabots tapageurs.
Tout ce qui se ruait sur la classe éclairée,
Ou des vieux niveleurs endossait la livrée,
Indignes de jouir des sages libertés,
Doit rendre son vertige aux chaumes désertés.

Ce premier purgatif digéré sans obstacles,
Osez des Montagnards vider les réceptacles.
Isolés par la loi, que tous les malfaiteurs
Ne soient plus des partis les vils entremetteurs.
Faites pâlir le vice ; honorez, au contraire,
Une vertu publique exempte d'arbitraire.
Appelez au pouvoir ceux qu'un fier dévouement
Ne fit pas palpiter au jour de l'engouement ;
Qui, sans ambition, comme sans préférence,
Ont pour unique objet le bonheur de la France :
Exilés, mais toujours précieux au pays,
Ceux qui l'avaient aimé sont encor ses amis.

Je sais qu'une tactique, au forum introduite,
Ecarte toute loi qui n'en est pas déduite.
Et que, pour dominer avec sécurité,
Le tribun rend suspecte une autre autorité.
Président, juste roi, César, fier autocrate,
Aujourd'hui rien de mieux qu'un tyran démocrate.

Excepté le clubiste, excepté l'aboyeur,
Nul ne peut, en effet, causer plus de frayeur.
Mais le bon sens public, ému de nos misères,
Admet, en fait de chefs, des principes contraires.
L'autorité d'un seul est à celle de tous
Ce qu'est le jus qui calme à l'accès de la toux.
    Voilà ce que le peuple, irrité des centimes,
Exprimait aux échos de ses pensers intimes.
En secret même encore, il se dit qu'un bon roi
Pourrait seul au besoin prêter force à la loi.
Non pas que son esprit, dégoûté d'être libre,
Au régime absolu vende son équilibre.
Il conçoit qu'une charte, hostile aux fédérés,
Pourrait rendre au pays des pouvoirs pondérés ;
Que la force motrice une fois établie,
Au fond du vase impur retomberait la lie.
    Un maître qui voit tout, qui commande à propos,
Qui règle les pasteurs ainsi que les troupeaux,
Qui gourmande ses fils, encourage leur zèle,
Et sait rendre justice au serviteur fidèle,
A moins d'un accident qui trouble la saison,
Des agrestes produits remplira sa maison.
Si son autorité, par les siens méconnue,
En de justes rapports n'était pas maintenue ;
Ou si, pour diriger les travaux du dehors,
Chacun s'attribuait la gouverne du mors,
Dans cet état confus, qui n'aurait plus de terme,
On verrait dépérir les rendants et la ferme.
    Ainsi raisonne à part ce peuple aux bons instincts,
Que j'ose envisager sous des rapports distincts.

Ce n'est plus cette masse, indocile et fièvreuse,
A qui déplait souvent qui la veut rendre heureuse,
Ours qui, démuselé, s'attaquera toujours
A ceux qui lui tendaient l'aliment des vieux jours;
Ce sont des citoyens qu'une active prudence,
A l'aide du travail, maintient dans l'abondance,
Et qui, fiers du rucher que leur ouvrit le ciel,
Ne le dépouillent pas de ses rayons de miel.
Les autres, dégoûtés d'une oisive misère,
Outragent par leurs cris les mamelles de mère,
Et transfuges sans foi, vont, comme le frelon,
Dérober les trésors fournis par le vallon.
    Pour attaquer un mal, réputé sans ressource,
Il faut, comme Hypocrate, en pénétrer la source.
Or, qui pourrait douter que tous nos attentats
De nos mauvais penchants ne soient les résultats?
Ce point mis en regard, à la brute nature
Opposez les efforts d'une active culture.
Afin de prévenir toutes réactions,
Arrachez l'homme libre à ses abstractions.
Faites-lui concevoir que l'ordre, en toute chose,
Est l'unique garant du bien qu'on se propose.
Inculquez au progrès, soufflé par l'antechrist;
Les saintes vérités que nous légua le Christ.
Le temps prévu de loin pour nous se réalise,
Et l'enfer tout entier lutte contre l'Église.
On ne peut que souscrire à l'arrêt souverain,
Mais le jour obscurci peut devenir serein.
Dieu ne refuse pas au repentir sincère
Un pardon qu'humblement sollicite sa mère.

Osons lui demander la fin de tant de maux :
Le pasteur des brebis prendra soin des agneaux.
   Quand les loups ameutés cernent la bergerie,
Il faut des bras actifs pour dompter leur furie.
Un laboureur soigneux, qui voit de près son grain,
Détourne des épis l'incendiaire main.
Le toit de nos foyers, qu'une étincelle embrase,
A moins d'un prompt secours, s'affaisse et nous écrase.
On ne conserve pas des mœurs aux nations,
Sans opposer la digue aux innovations.
Or, quand l'impiété surgit de ses repaires,
Un moyen de la vaincre est la foi de nos pères.
   Allez donc à l'autel implorer le Seigneur :
Qui s'adresse à la grâce, en reçoit la ferveur ;
Non ce zèle hypocrite, assidu vers le temple,
Au sortir du saint lieu, donnant mauvais exemple,
Ou ce lâche calcul, ruse de nos remords,
Qui borne le devoir à de pieux dehors,
Mais cette activité qui, modeste et soumise,
En imitant son Dieu, rend gloire à son église,
Et, plutôt par amour que par respect humain,
Se plie avec ardeur au joug que tend sa main.
   Je conçois qu'aujourd'hui l'œuvre que je signale
A des hommes tarés doit paraître banale.
Ils me diront peut-être, et j'en sens le motif,
Que le fait qui comprime est un fait abusif ;
Que la religion, dans son but politique,
A toujours sur les cœurs des effets despotiques,
Et passant du sophisme aux personnalités,
Répondront par l'injure à des moralités.

Je les entends crier aux sots que leur œil braque :
« Amis, ne croyez rien, c'est le pauvre qu'on traque.
» Afin de le réduire à l'état de vieux serf,
» On bride la raison qui lui donna du nerf.
» Ces privilégiés, dont l'oisive opulence
» Insulte par son luxe à votre équipolence,
» Afin de vous priver de vos droits souverains,
» Lancent des arguments forgés comme les freins.
» Ne vous y trompez plus : la foi, pour l'homme libre,
» Est dans le seul niveau par qui tout s'équilibre. »
    Et moi, je leur réponds : ce niveau, hors la loi,
Pour des hommes sensés, n'est pas de bon aloi.
La seule égalité que la raison comprenne
Est celle qui donnant, s'oppose à ce qu'on prenne.
Elle est, par sa nature, écrite au fond du cœur ;
Mais celle qui dépouille en tout temps fit horreur.
Sans parler de ces biens qu'on entasse ou dissipe,
Il est, parmi ces gens que l'erreur émancipe,
Une foule d'esprits plus ou moins cultivés.
Je vois d'inertes bras, d'autres mieux activés ;
Celui-ci veut croupir dans l'égout des débauches ;
Un second des vertus va tracer les ébauches :
Entre l'homme paisible et le brûlant cerveau
Qui pourrait se flatter d'établir un niveau?
La loi seule, en rendant une justice égale,
Impose le respect à la force brutale,
Adoucit les méchants par la crainte bridés,
Et rassure les bons toujours intimidés.
    Pour ce droit souverain qui renverse un royaume,
Il n'est que le fumet des liqueurs sans arôme.

On conçoit que le sceptre aux mains du mendiant
Lui sied comme la pipe au basset aboyant.
Soyons de bonne foi. Si l'esprit des cyniques
Avait moins à tirer de nos terreurs paniques,
Il verrait, comme nous, d'un œil mieux avisé
Ce ridicule effet d'un règne improvisé.
La grenouille qui s'enfle, a dit le vieil Ésope,
En voulant se grandir, brise son enveloppe.

Dans le sens abusif, le droit sacré de tous
Est d'exiger beaucoup sans rien faire pour nous ;
Dans celui qu'on devrait rendre plus populaire,
Il est de nos devoirs l'évident corollaire.
Envier à l'ancien le prix de son labeur,
Chez l'ouvrier tardif, est un trait d'impudeur.
Tels sont pourtant ces fous qui, nouveaux sur la terre,
Osent des devanciers flétrir le caractère,
Et, dévorant de l'œil ces biens par nous acquis,
De vils spoliateurs s'érigent en marquis.
L'humanité souffrante, aveugle en ses tendances,
Est l'instrument forcé de leurs outrecuidances ;
Elle rugit d'espoir, et ne s'aperçoit pas
Qu'un abîme nouveau s'est ouvert sous ses pas.

C'est de vous, jeunes gens, que la mère patrie
Attend ces jours de paix ravis à l'industrie.
Orateurs inspirés, confondez un orgueil
Qui du Louvre désert ensanglanta le seuil,
Et par l'impunité devenu plus hostile,
Impose le silence aux terreurs de la ville.
Allez, sans plus tarder, réalisez l'espoir
Que l'état chancelant sur vous seuls peut asseoir.

Les anneaux de la chaîne, usés par la tourmente,
Ont vieilli sous l'effort sans remplir notre attente ;
Appliquez les nouveaux à l'œuvre du progrès :
Le nœud se raffermit, s'il est serré de près.
Que l'ancre de salut, puisé dans la morale,
Assure le vaisseau meurtri par la rafale :
Une religion, c'est l'anneau du milieu
Qui suspend cette terre au marche-pied de Dieu.

Soît par l'enseignement, soit par vos lois nouvelles,
Ouvrez l'œil de la France aux clartés éternelles :
On ne s'égare pas quand l'effet du travail
Vers le phare sauveur dirige un gouvernail.
Les agents du pouvoir, si sa foi paraît vive,
Auront des saints pasteurs la surveillance active.
Honorés de nos choix, les délégués forains
Couvriront du grand sceau les actes souverains.
Tout ce qui se rattache à cette belle armée,
Ardente à rassurer la patrie alarmée,
Arrêtera l'essor de ces hommes pervers
Jetés par l'anarchie au seuil de l'univers.
Magistrats et parquets, force active et morale,
Offriront leur concours à l'action centrale,
Et les agitateurs, ou changés ou punis,
Rendront au vieux faisceau tous ses brins désunis.
Mais si, trop convaincus des maux qui nous désolent,
Au lieu de se grouper, les gens de bien s'isolent,
On verra l'égoïsme, en détail abattu,
Gémir sous le remords d'une inerte vertu.

Cette fraternité, grand mot dont on abuse,
Est de l'acte offensif la trop commune excuse :

Il faut l'interprèter dans un sens plus restreint.
A l'oubli d'un grand tort la charité m'astreint,
Mais elle ne veut pas qu'en remettant l'offense,
Inactif et peureux, je reste sans défense.
Frère du scélérat qui me serre de près,
Je résiste d'abord et je pardonne après.

Le courage indulgent qui sait être sévère,
A des hommes publics fut toujours nécessaire.
Un pasteur que le maître a chargé des troupeaux,
Doit par son énergie assurer leur repos.
En faisant bonne guerre aux animaux nuisibles,
On met hors de péril ceux qui vivent paisibles.

Au nombre des esprits que j'appelle tarés,
Il en est toutefois qui ne sont qu'égarés.
Ceux-là, si vous touchez la fibre qui raisonne,
Entendront les conseils qu'un vrai zèle assaisonne.
Un moment ébloui, leur cœur toujours français
Rougira d'un élan suivi de tant d'excès.
Moins méchants que trompés, ces hommes qu'on exalte
Au moment de ruer tout-à-coup feront halte ;
Ils ne voudront plus suivre, idiots tenaciers,
Ceux que la dernière heure impose aux devanciers.

Mais ces gens renégats, dont l'autel et le trône
Offusqueront toujours l'indépendante zone,
Incorrigibles cœurs, ne seront contenus
Par aucun des moyens moralement connus.
Ce sont des insensés qu'une police active
Abandonne au hasard de la peine afflictive.
Opposez-leur sans cesse un ferme surveillant:
Le crime n'a plus droit à l'avis bienveillant.

Puisque enfin, de nos jours, la torche incendiaire
Est un titre aux faveurs de l'ignorant vulgaire,
Et qu'en frappant leurs chefs on déplaît aux bandits,
Lancez contre ces fous de sévères édits :
Quand la force réprime, un peuple entier s'élance ;
Alors que c'est la loi, tout garde le silence.
    Après avoir sévi, dans son triste abandon
Jetez au repentir un espoir de pardon ;
Que le tendre pasteur, enflammé d'un saint zèle,
Apparaisse modeste à ce chrétien rebelle.
Au moment de subir le coup instantané,
Tout échappe ici-bas à l'homme condamné ;
Mais l'appui de la foi reste encore au coupable,
Et l'immense bonté seule est inépuisable.
Un naturel pervers a ses bonds progressifs ;
Faites pour l'en guérir des efforts successifs.
La grâce peut un jour éclairer l'utopie,
En butte aux attentats d'une fureur impie.
Le Christ à Saul injuste apparaissant plus doux,
Lui dit, *Saul! Saul! pourquoi me persécutez-vous ?*
Et ce cœur endurci, moins troublé que le nôtre,
En devint pour toujours le plus ardent apôtre.
    Il me sied mal peut-être, et je dois l'avouer,
D'élever une voix qui n'a rien à louer.
Plusieurs m'objecteront qu'une leçon pareille
A toujours peu d'échos chez ceux qu'elle réveille.
En concédant ce point, je persiste à penser
Que le mal et le bien peuvent se compenser;
Que les bons errements, reproduits par ma muse,
Ont l'amour du pays pour évidente excuse.

A ce premier 'motif j'ajoute qu'un français
Doit remplir son devoir, même dans l'insuccès :
Dire ses vérités au fait illégitime,
En tout temps fut un titre à la publique estime.

DIX-SEPTIÈME POLÉMIQUE.

A la Jeune France.

Du sein de la retraite où se cache ma vie,
Osons parler encore au siècle qui dévie.
Un principe erroné, dans sa combinaison,
Ne saurait prévaloir sur la saine raison.
Tout ce qui du sophisme offre le caractère,
Au moyen du dilemme est banni de la terre.
Une discussion qui procède avec art,
Des faits aventureux triomphe tôt ou tard.
Comme un linge bouilli que le savon décrasse,
Au feu des vérités le mensonge s'efface.
Hautement soutenu, le désordre en ses cris
Ne fascine qu'un temps les timides esprits.

Froissé par le malheur, l'homme de bien se groupe;
Et des vils insurgés déconcerte la troupe.
Tel l'horizon brumeux, vers l'heure du réveil,
Se retire offusqué des rayons du soleil.
Alors le voile tombe, et l'effet de lumière
A l'objet mieux senti rend sa couleur première.
Ainsi, dans nos transports, le sentiment du beau
De ses hideux écarts purge notre cerveau.

Le discours raisonné, puissante apologie,
Enlève son vieux prisme à l'idéologie.
Un moment égaré, le courage français
Reviendra, je le crois, de son fiévreux accès.
Déjà, plus circonspect, le méchant se replie,
Et des hommes bien nés l'ardeur se multiplie.

Agent de ce pouvoir autrefois méconnu,
Le haut fonctionnaire est enfin soutenu.
Voyez ce jeune chef, visiteur énergique,
Opposant le sourire au cri démagogique,
Et, noblement drapé dans l'amour du pays,
S'offrant comme une aurore aux principes trahis
Voyez-le, toutefois, sous l'effort du vertige
Incliner un moment sa glorieuse tige.
Un vœu presque unanime en vain l'inaugurait,
Par le fait préventif jugeant ce qu'il serait.
L'homme insubordonné, comme à la fleur royale,
Injectait son mépris à l'aigle impériale.
Injuste envers le sang autrefois précieux,
Notre honneur aveuglé retrouve enfin ses yeux.
Puisse l'amour de l'ordre assurer à la France
Un bonheur qui déjà revit par l'espérance!

Et vous, jeunes esprits, que ce pas vers le bien
Soit pour votre éloquence un précieux moyen.
Pénétrés des devoirs qu'impose la patrie,
A l'œuvre commencée offrez votre industrie.
En fait de bonnes mœurs, en fait de bonnes lois,
C'est de l'impulsion que surgit l'heureux choix.
L'édifice moral attaqué dans sa base,
A moins d'un prompt secours, s'affaisse et nous écrase.
On ne prévient pourtant les hostiles projets
Qu'en faisant un appel au bon sens des sujets.
Raisonneur par instinct, le moderne vulgaire
Aux droits jadis sacrés fera toujours la guerre.
Envieux d'un bien-être à sa bure interdit,
Pour sortir du néant, l'homme vil se grandit.
L'inévitable écueil de la démocratie
Est la haine qu'on porte à l'aristocratie.
Aussitôt que le luxe innove le haillon,
Le rustre fièrement se défait du baillon.
Sans penser que sa veste enferme un corps ignare,
Il s'égale au savant qu'illustra la simarre,
Ou dans l'aveugle essor d'un orgueil déplacé,
Rompt le fil social qui l'avait enlacé.
Toujours le paupérisme, ennemi des richesses,
Envia les fauteuils réservés aux duchesses,
Et toujours le manant, rébelle envers ses chefs,
Aux hommes fortunés souhaita les méchefs.
Tel fut, tel est encor l'instinct de cette classe
Où rugit un esprit que sa nullité lasse.
En vain par la douceur on croit l'aiguillonner,
Rien n'apprivoise un ours qu'on ne peut baillonner

Si la raison qui sent n'est rien au prolétaire,
Elle a plus d'action sur le propriétaire.
Assuré que la loi garantit son avoir,
Il n'incrimine pas les actes du pouvoir.
Au joug qu'on doit porter satisfait de s'astreindre,
En fait de politique, il n'est jamais à craindre.
　En effet, si l'impôt justement réparti
N'absorbe pas les fruits dont je tire parti,
Qu'importe à mon bonheur la main qui me gouverne?
Est-on moins rassuré n'étant que subalterne?
Un chef qui veut le bien, monarque ou président,
N'est pour l'homme sensé qu'un heureux accident:
Voilà ce que se dit la classe qui possède.
　Autrement, j'en conviens, l'ambitieux procède.
Incapable d'aimer son obscur attribut,
De tout ce qui le prime il se dit le rebut.
Jaloux de ce loisir qu'il nomme privilège,
Il rugit d'un dépit que jamais rien n'allège,
Et, censeur venimeux, lance à tort à travers
Le sarcasme incisif aigri par ses revers.
Des hommes haut placés fougueux antagoniste,
Affichant les grands airs de l'opinioniste,
Il rattache au niveau, rêvé par son dépit,
Le despotique espoir d'un orgueil décrépit.
La misère impudente, avant-coureur du crime,
Au nom des libertés d'avance nous opprime.
　Espérons toutefois que, surveillé de près,
Ce fanatique élan fera moins de progrès.
L'action du pouvoir, hautement approuvée,
A l'aide de la loi produira sa couvée.

Au jour de son réveil, le bon sens engourdi
Proscrira ces clameurs dont il fut assourdi.
Déjà de toute part, saluant sa mémoire,
Un grand peuple au grand nom présage une autre gloire,
Et du cri répété de *vive l'Empereur !*
Frappe le jeune écho de la vieille terreur.

    On pourrait m'objecter : « cri d'amour ou de haine,
» Un mot ne donne pas la pourpre souveraine;
» A l'aspect d'un Bourbon, s'il voyageait ainsi,
» Le vieux vive le Roi ! pourrait s'entendre aussi.

    Volontiers, j'en conviens; mais cet enthousiasme
Est toujours, en dépit du révolté sarcasme,
Un indice très-fort que le peuple ennuyé
Par un chef permanent désire être appuyé.

    La liberté sans borne, épreuve temporaire,
Au bonheur des humains sera toujours contraire;
Ou monarque ou sujet, nul ne peut en jouir,
Si le rayon légal n'aide à l'épanouir.
Des pouvoirs pondérés le constant équilibre
Assure pour un temps les droits de l'homme libre,
Et le choc d'intérêts l'un à l'autre opposés
Rend nuls les résultats qu'on s'était proposés.

    L'ordre dans la grandeur est la beauté parfaite ;
Il prête un nouveau charme aux accents du poète,
Interdit la licence au fiévreux souvenir,
Présage à la famille un moins triste avenir;
Des devoirs bien sentis première conséquence,
Il ouvre un champ plus vaste à la haute éloquence,
Et du grand mécanisme ajustant les ressorts,
Lui seul jette la ligne au wagon des transports.

17

Ame des bons conseils , dans la paix ou la guerre ,
Il règle les écarts du préjugé vulgaire.
En soumettant au joug le front des sommités ,
Il refuse aux petits les droits illimités.
Chaque intérêt , par lui jugé d'un œil semblable ,
Au moyen de la loi, se pose inviolable ,
Et , dans l'ébranlement dont le monde est surpris ,
Son action toujours rassure les esprits.
L'ordre est le seul garant des libertés publiques ;
Il ne s'égare pas dans les routes obliques ;
Il procède au grand jour , et n'emprunte jamais
Ces dehors de fallace éventés désormais.
Le parti, quel qu'il soit, comprimé par son zèle ,
Est forcé d'amortir sa tendance rebelle ,
Et maître de penser, mais soumis au devoir ,
Subit l'impulsion d'un vigoureux pouvoir.
L'ordre, bien secondé par la commune estime,
Inclinera toujours vers le droit légitime ;
Ou tranquille ou troublé, son influent esprit
Tôt ou tard rend la vie à l'honneur qu'on proscrit.
     Le désordre , au contraire , ou despote ou reptile,
En détours captieux de plus en plus fertile ,
A ses mauvais instincts livre l'homme abruti ;
Par l'espoir du pillage il recrute un parti.
Mais ce n'est pas aux grands que sa fureur s'adresse :
A la basse livrée il ne faut que bassesse.
Un cœur licencieux ne sympathise plus
Avec ceux qu'illustraient de royales vertus.
Dominer ses pareils , niveler ce qui prime ,
Est le double calcul des gens voués au crime.

Indocile sujet, citoyen gangrené,
Tout factieux rougit du sein dont il est né ;
Sa folle ambition, pour envahir la terre,
Emprunte aux Spartacus leur sanglant cimeterre ;
Il fouille les égoûts, dans leur infection
Puise les éléments de révolution ;
Sa voix de la crapule ameute la phalange,
Et fier de se vautrer dans ce hideux mélange,
Il insulte au patron qui, touché de ses maux,
Affranchissait l'ingrat du soin de ses troupeaux.
Plus le nain se grandit, plus sa fierté se gonfle,
Et plus il prend les airs du colosse qui ronfle.
Un cigare à la bouche, une barbe au menton,
C'est assez aujourd'hui pour être de bon ton.
Qu'il soit vil ou titré, le perdu de débauche
Est celui que de droit la propagande embauche.
Il ne faut pour briller nul mérite éclatant ;
Qui n'a ni sou ni maille, est un homme important.
Soit que la flétrissure, à la peine attachée,
Ajoute au vieux mépris dont sa vie est tachée,
Ou soit que la luxure, en ses honteux excès,
Mette, par la misère, un terme à ses succès,
L'aboyeur des pavés crie à la tyrannie,
Et soufflant aux badauds sa démonomanie,
Arbore l'étendard qui des calamités
Menace impunément toutes les sommités.
   C'est peu de ce vertige ; à sa rouge livrée
Ajoutant le crachat d'une tête enivrée,
Il s'adapte la mitre et, burlesque prêcheur,
Jette la pâte impie aux lèvres du pécheur.

Vous me direz peut-être : « un pareil sacrilége
» Est digne du marmot chassé de son collége;
» Un homme, quel qu'il soit, pour peu qu'il ait de sens,
» Ne se permettra pas ces actes indécents. »
J'ose les affirmer. L'agent de la vindicte
En a fait, sous mes yeux, une recherche stricte.
Au parquet Charollais, ce fait incriminé
Sera, dans peu de jours, un procès terminé. (1)

    Que conclure de là, sinon que notre époque
Est le règne forcé des coupeurs de breloque?
Est-il un seul bandit, bien ou mal réputé,
Qui ne soit par la fièvre aussitôt recruté ?
Riche, pauvre ou voleur, pourvu qu'on soit impie,
On est sûr d'être cher à la philanthropie.

    Ouvrez donc au pouvoir les yeux sur ce débord:
Qui veut une onde pure, en dégage le bord.
Tous ces vils résidus, vomis par la marée,
Ont souillé trop longtemps la plage réparée.
Après une tempête, il faut aux gens de bien
L'union sans laquelle on ne se prête à rien.
L'isolement des brins ôte au faisceau la force,
Et la foi dans les cœurs s'éteint par le divorce.

    Arrivés par l'épreuve à la droite raison,
Faites du temps jadis une comparaison.

---

(1) Après une orgie démocratique, plusieurs bandits, pour in
sulter à la Religion, donnaient dans un cabaret de La Clayette
le spectacle d'une communion, et l'un d'eux, se disant évêque,
distribuait à ses compagnons de débauche des pains à cacheter
qu'il appelait des hosties.

L'homme civilisé, content de son bien-être,
Ici-bas, comme au ciel, reconnaissait un maître.
On ne s'insurgeait pas contre les droits acquis
Sans qu'un fait répressif ne fût soudain requis.
La censure des mœurs, chez ces Romains si libres,
Attachait à leur fût les différents calibres.
Orateur, plébéien, tout sujet de la loi
Trouvait dans sa justice un appui selon soi.
Le privilégié (je veux dire le riche)
Etait, suivant sa guise, ou libéral ou chiche.
Un paisible ouvrier, restreint à ses besoins,
Quoique plus bas assis, ne s'estimait pas moins.
Cet orgueil toutefois, renfermé dans ses bornes,
Affichait rarement des attitudes mornes;
Il ne s'arrogeait pas ce pouvoir souverain
Qu'on ne peut sans péril remettre en toute main.
Inhabile ou savant, chaque être dans sa sphère
Avait pour la patrie un dévouement sincère.
Hostilement dressé, jamais le mirmidon
Au cerveau colossal n'imposait le bridon.
Le citoyen obscur, le guerrier, l'ordre équestre,
Hiérarchiquement subissaient leur sequestre.
Un litige quelconque à des règles soumis
N'avait pour résultat que les actes permis.
Jamais la plébécule, au forum assemblée,
En dictature à temps n'érigeait sa mêlée.
Une loi, j'en conviens, remplaçait une loi,
Mais à l'ordre établi chacun gardait sa foi.
D'un possible niveau, crapuleuse espérance,
On n'osait point leurrer la crédule ignorance.

Ainsi que le savoir, ainsi que les grandeurs,
On savait respecter et le culte et les mœurs.
De là ce calme heureux qui, jailli du prétoire,
En faisant le bonheur faisait aussi la gloire.
Où règne la concorde, où l'ordre est maintenu,
L'émeutière fureur est un mal inconnu.
  Si l'on doit admirer, sous le polythéisme,
Un penchant aux vertus si loin de l'athéisme,
A plus forte raison, les martyrs d'autrefois
Doivent-ils dans l'estime avoir aussi leur poids.
Voyez tous ces chrétiens recouverts du cilice,
Allant d'un pas tranquille au-devant du supplice,
Et soumis à leur Dieu comme à leur Empereur,
Souriant sur le gril à l'injuste fureur.
Voyez-les dans ces rangs où leur noble courage
Avait l'instinct guerrier, sans en avoir la rage.
Observez leur conduite au sortir des combats:
Nul ne prêtait l'oreille à de fiévreux débats.
Tous instruits qu'à César on doit payer l'obole,
Ils n'incendiaient pas le toit du Capitole.
En vain, pour les tenter, on aggravait leur sort,
A l'oubli du devoir ils préféraient la mort.
Tyrannisés partout, partout leur humble zèle
Aux chefs, sacrés pour eux, se montrait plus fidèle,
Ils ne supposaient pas que ce triste univers
Eût pour fin le néant, pour avenir les vers.
A leurs yeux désillés, ces rois cruels despotes
Etaient les châtiments des âmes indévotes.
Instrument de fureur, tout fléau des humains
Avait le seul pouvoir que Dieu met en ses mains.

Le droit des nations, dans leur pensée intime ,
Au droit divin jamais ne disputait l'estime.
Affranchis de l'orgueil, ces cœurs régénérés
Suivaient de notre foi les dogmes vénérés.
Avares de ce sang commun à tous leurs frères,
Ils ne provoquaient point les intestines guerres.
En partageant leurs biens, ils savaient respecter
Ceux qu'un souffle envieux ne doit pas infecter.

    Tels étaient ces martyrs que, dans nos jours critiques,
Un esprit de révolte appelait fanatiques ;
Et tels seraient aussi, quoique trop clair semés,
Ceux que demain peut-être on aura décimés....

    C'est donc à vous, Français, à vous, belle jeunesse,
A ravir aux méchants leur cruel droit d'aînesse.
Aux rouges de la veille enlevez ce drapeau
Que l'ogre sanguinaire affubla de sa peau ;
Faites rétrograder l'envahissant système
Incrusté dans l'égoût par le nouveau baptême.
Orateurs d'avenir , combinez les moyens
De mettre en sûreté notre honneur et nos biens :
Qui sauve son pays , même dans la défaite ,
Acquiert aux yeux du monde une gloire parfaite ,
Ou, sans honte vaincu par la témérité,
Lègue un sublime exemple à la postérité.

    Jetez un œil rapide au burin de l'histoire.
Un grec, au roi Xerxès disputant la victoire,
A l'honneur de régner préfère le trépas.
Thémistocle inspiré venge Léonidas.
Tout près de Marathon, Mardonius expire ,
Et la Grèce sauvée échappe au grand Empire.

Un Camille à Brennus fait payer ses séjours,
Et Rome des Gaulois se purge pour toujours.
Mais passons des Césars les rapides conquêtes;
Arrivons à l'époque où tombaient tant de têtes.
Au tyran démagogue un nouveau Gédéon
Fait vider les abords du moderne Odéon.
La guillotine tombe et la mère patrie
Improvise un vengeur à sa gloire flétrie.
    Au même point réduit il faut pareil élan.
Dans un cas tout pareil, suivez le même plan.
Non que je vous prescrive une lutte guerrière :
On a des Changarnier et des Lamoricière.
Il suffit qu'au sens droit vous prêchiez l'union :
Votre champ de bataille est dans l'opinion.
C'est là qu'il faut porter le coup de mort au crime.
Un vertige impuni tôt ou tard nous opprime,
Et l'étalon du cirque a, pour souster le frein,
L'arme que l'énergie appose à son chanfrein.
Ne vous alarmez pas d'une attitude hostile :
Un sol rebelle au fer plus tard devient fertile.
Aux cœurs, par le mensonge un moment irrités,
Il ne faut que l'éclat des pures vérités.
Pourvus de la vigueur qu'une sage culture
Acquérera toujours à la belle nature,
Assiégez dans son fort le progrès turbulent :
Rien ne doit résister au sublime talent.
C'est par lui qu'élevés au-dessus du vulgaire,
A ses mauvais instincts vous ferez bonne guerre.
Ebloui par l'erreur, le regard des gens droits
Pénétre les desseins de nos hommes étroits.

Du système erronné passagèrement dupe,
Après le coup porté, l'esprit s'en préoccupe,
Et, dès que la raison parle aux cœurs égarés,
Le faux jour lance en vain ses reflets bigarrés.
    Distinguez avec art ceux qu'une longue épreuve
A sevrés des remords que ressent l'âme neuve.
Endurcis dans le mal, nos sabreurs d'autrefois
N'admettent ni pouvoirs, ni principes, ni lois;
La parole sur eux a toujours peu de prise.
Un penchant subversif n'est pas une méprise;
Il faut pour les réduire employer à propos
La force nécessaire au maintien du repos.
Qu'une police, active en même temps que juste,
Oppose à leur audace un bras ferme et robuste.
Au défaut des vertus qu'éveille un repentir,
Menacé par le crime, on doit s'en garantir.
    Si les causes cessant, le mal aussitôt cesse,
A leur prompte recherche appliquez-vous sans cesse.
Un orgueil déplacé fut, selon mon avis,
L'écueil des jours de paix à la France ravis.
Par le philosophisme abusé sur son être,
Il n'est pas de goujat qui reconnaisse un maître.
Au champ comme à la ville, un désir incessant
Donne à la vanité son vernis indécent.
Le fou, peu satisfait du métier de son père,
Attend du vieux pillage un avenir prospère,
Et dédaignant le pain qu'achetait son travail,
Court flairer les fourneaux du caravansérail.
De là vers le bazar dirigeant sa tournée,
Au sein de la débauche il finit sa journée,

Ou, dans l'estaminet, une feuille à la main,
Réforme à son profit le pauvre genre humain.
　　Ce luxe d'infamie, épuisé dans sa source,
A le renversement pour unique ressource.
Envieux, puis hostile, un prolétaire oisif
Toujours fait de la force un usage abusif.
Sa jalouse fureur, qu'irrite l'incurie,
Au nez de l'homme heureux jette sa pénurie,
Et, dans l'emportement d'un orgueil diffamé,
Lui reproche ces biens dont il est affamé.
　　D'autres, plus circonspects mais fourvoyés de même,
Embrassent par dépit le moderne système,
Et du peuple exalté gouvernant les fureurs,
Ennemis du pouvoir, en briguent les faveurs.
Ceux-là, si je conçois leur hostile tendance,
Ont avec l'être abject peu de coïncidence :
Il suffit pour guérir leur aberration
D'ouvrir un champ plus vaste à leur ambition.
Faites leur concevoir qu'à l'estime publique
On parvient rarement par une route oblique.
Apprenez leur aussi que l'homme vertueux
Laisse aux petits esprits les dehors fastueux;
Que vivre sans reproche est cent fois préférable
A tout ce faux éclat, toujours si peu durable.
Alors, contents des biens qui leur sont dévolus,
Ils sauront se passer des objets superflus.
　　Parmi les aboyeurs de la rouge livrée,
Apparaît une enfance aux débauches livrée.
Hideusement groupés, ces coureurs de festins
Se croient seuls en état de régler nos destins.

Le paume encor meurtri des coups de la férule,
On les voit se grimper vers la chaise curule,
Et roquets aboyeurs, lancer à l'ignorant
Les cris que le vertige emprunte au restaurant.
Ces marmots avinés, pour rentrer dans l'ornière,
Ont besoin de la dent qu'on nomme lanière.
   Il est un autre essaim que je crois plus nombreux,
C'est celui qu'autrefois combattaient les Hébreux
Lorsque, dans le transport d'une fureur impie,
On jetait à l'esprit l'infernale utopie,
Ou que, pour en orner les idoles d'alors,
A l'arche d'alliance on ôtait ses trésors.
De nouveau suscités, les ennemis des temples
Ont des vieux Philistins dépassé les exemples,
Et l'élan progressif, escaladant les cieux,
Ne veut dans son niveau ni monarques ni dieux.
   Osez vous rapprocher des sombres tabagies
Où l'homme s'abrutit par l'excès des orgies ;
Allez dans ces hôtels qu'encombre nuit et jour
Le flot tumultueux des gens de carrefour ;
Parcourez cette scène aux intrigues vouée,
Où le luxe et le vice ont leur grille louée ;
Entrez chez l'artisan, chez la nymphe aux grands airs,
Qu'assiègent tour à tour les bandits et les pairs ;
Ouvrez ces lieux de danse où l'impudeur en frange
Allèche le badaud qu'un vil instinct dérange ;
Escaladez l'estrade où l'être adulateur
De son charlatanisme éblouit l'auditeur ;
Suivez, dans les beaux jours, la foule qui circule ;
Abordez le tapis où le filou spécule ;

A la ville, au village, à la foire, aux apports,
Dans les lieux où l'ivresse excite les transports,
Eussiez-vous une pente à la surdité même,
Il vous faudra partout recueillir le blasphème.
Ignorants ou lettrés, partout les hommes vains
D'un cynique athéisme affichent les dédains ;
Partout l'impiété, vomissant le sarcasme,
Insulte au pur élan du vieil enthousiasme.
    Ennuyés des propos lancés contre la foi,
Cherchez dans nos écrits des faits de bon aloi ;
Vous n'y découvrirez qu'un flux d'impertinence
Ou des tableaux lascifs jetés à l'innocence.
Utopistes, rêveurs, sceptiques, romanciers,
Tous en zèle infernal passent leurs devanciers.
Le burin de l'histoire, entaché de purisme,
A secoué le joug de l'antique atticisme,
Et, du goût des vertus sevrant le jeune cœur,
Lui vante les excès de nos jours de terreur.
Robespierre, Marat, Danton et leurs semblables,
Au moyen de grands mots, rendus inviolables,
Après avoir été soixante ans méprisés,
Sont comme Girondins presque divinisés.
Jusques sur le théâtre, afin de nous induire,
Une muse exercée ose les reproduire,
Et, malgré les égards en fait de mœurs prescrits,
De leur hideux cynisme infecte les esprits.
    C'est peu de ce vertige ; une plèbe insensée,
Insultant à l'hostie autrefois encensée,
Affecte le mépris des soins religieux,
Que n'ont pas abjurés les citoyens pieux.

Même aux pieds des autels, nos rustres sacriléges
Osent, se prévalant des nouveaux priviléges,
Arguer les discours de ces humbles pasteurs
Que l'Église aux lépreux désigna pour tuteurs:
« Ce sont d'avides gens qui, pour garnir leur bourse,
» Epuisent du petit la dernière ressource.
» Ils ne font rien pour rien: baptême', enterrement,
» Service, messe basse, aumône ou sacrement,
» Tout, jusque à l'indulgence, exige l'honoraire
» Attaché par l'abus au tarif arbitraire.
» Ils prêchent au grand jour ; mais le vice caché,
» Pourvu qu'il paie bien, n'est jamais un péché.
» Leur cupide sermon, dénaturant le texte,
» A l'argent pour issue et l'enfer pour prétexte.
» Incrédules eux-mêmes, ils n'imposent la foi
» Qu'afin de s'enrichir ou de faire la loi.
» Ce sont des imposteurs que la foule crédule
» Entoure d'un respect tout au moins ridicule.
» Au seuil de l'ignorance, ils ont quelques succès ;
» Mais chez les esprits forts, leur pied n'a point d'accès. »
    Tels sont, en raccourci, les propos que la terre
Emprunte au souvenir des écrits de Voltaire.
Il n'est pas d'insensé qui, son œuvre à la main,
Ne tende à réformer la foi du genre humain.
Pour mieux nous éblouir, ce débord d'athéisme
Affiche quelquefois les faux airs du théisme,
Et sans nier l'essence, au dogme révélé
Conteste les effets du sang immaculé.
« Le culte, selon lui, n'est qu'un vain simulacre,
» Où l'église nous vend le pain qu'elle consacre ;

» Où pour endoctriner le vulgaire idiot,
» Le charlatan royal vernit son charriot. »
Je vous l'ai dit cent fois, je le répète encore :
Un langage pareil sent de loin l'ellébore.
Libéral, démocrate, ou rouge, ou montagnard,
C'est toujours le fumet du précédent renard.

   Aux générations qui sont encore intactes
Offrez l'enseignement d'où naissent les bons actes.
Attentifs à former de solides chrétiens,
Par la foi des vieux temps resserrez nos liens:
Tout homme qui conçoit l'esprit de l'Évangile,
Aux devoirs imposés sera toujours docile,
Et qui veut s'affranchir du frein religieux,
S'il ne l'est pas encor, deviendra factieux.
Je conviens avec vous que l'humaine faiblesse
Est sujette aux erreurs dont la raison se blesse.
Un prêtre, comme un autre, a son vice caché ;
Mais, de quelque défaut qu'on le trouve entaché,
Parce qu'il fait abus des trésors du ciboire,
Faudrait-il pour cela finir par ne plus croire?
O pitoyable orgueil qui, pour nier son Dieu,
Se prévaut des excès commis dans le saint lieu !
Qui, lui-même écrasé sous le poids de son crime,
Etouffe ses remords par cette vile escrime,
Et croyant se grandir, fait, comme le géant,
De monstrueux amas des laves du néant !
Fidèles gardiens du culte de vos pères,
Eveillez la ferveur des époques prospères;
Unis par les doux nœuds d'un charitable amour,
A nos vieilles vertus préparez le retour.

Servir loyalement son Dieu, son Roi, sa dame,
Est et sera toujours la fin d'un noble drame.
Agiter son pays, insulter au Très-Haut,
Sur le haillon civique élever l'échafaud,
Braver tous les pouvoirs, quelle qu'en soit la forme,
Ouvrir par l'athéisme une lice uniforme,
Est et sera toujours le rêve ambitieux
Des hommes que l'orgueil à rendus factieux.
Quand le désordre en arme, ou menace ou renverse,
Il faut à son audace une partie adverse;
Autrement sa fureur, incendiant l'état,
Pousse l'esprit public au dernier attentat.

Quelques-uns alarmés de la rouge tendance,
Ont de notre grandeur prédit la décadence.
Ils soutiennent qu'un jour, las de tous nos excès,
Le monde effacera jusqu'au nom des Français.
Nationalité, libre vœu, gloire acquise,
A leurs yeux, tout s'éclipse ou s'éteint dans la crise.
Ils pensent que nos lois, nos mœurs, notre avenir,
Ne seront dans les temps qu'un honteux souvenir;
Qu'envahi par l'Anglais, le Germain, l'Autocrate,
On verra s'éclipser le sol de l'ère ingrate,
Et que, devenus serfs, nos tristes laboureurs
Subiront les effets de leurs folles erreurs.

Je ne puis supposer qu'une fièvre organique
Ait tous les résultats que pressent leur panique.
Un retour au bon sens peut amener encor
Ce calme qu'aux humains procurait l'âge d'or.
Quoique peu rassuré, mon vers légitimiste
Est loin de se poser en censeur alarmiste.

Au rayon d'espérance heureux de me livrer,
Je bois l'oubli du mal sans jamais m'enivrer.
Que le siècle à plaisir me dédaigne ou m'admire,
Il ne faut au pécheur ni l'encens ni la myrrhe.
Humble dans ses désirs, le juste d'ici-bas
Dans un repli d'orgueil ne se drapera pas.
Toutefois, convaincu des vérités morales,
Un chrétien doit aux fous des leçons générales.
Affranchir son pays d'un honteux préjugé,
Ce n'est point, je présume, en avoir mal jugé.
Quel que soit le vouloir de la masse qui vote,
Ou qu'elle donne un sceptre ou plus tard qu'elle l'ôte,
Il faut tout accepter; mais à Dieu, comme au Roi,
Je garderai toujours mon exclusive foi.
Néanmoins, lorsque l'hydre à ses gueules béantes
Injecte le fumet des ardeurs mécréantes,
Il est bon d'échapper à son exhalaison.
Le remède au sophisme est la saine raison.
Dans ses mauvais desseins quand l'insensé persiste,
En formant le faisceau, l'homme de bien résiste :
Union dans l'effort de la virilité,
Procurera toujours l'invincibilité.

DIX-HUITIÈME POLÉMIQUE.

A M. D......,

Qui me pressait d'aller à une réunion de Saint-Point.

Inde late terror, multis ad celebritatem nominis erectis rerum novarum cupidine et odio præsentium.
(TACITE. h. p. 95.)

La terreur s'étendit au loin ; car la grandeur du nom avait ému en grand nombre ces hommes qui appellent des révolutions et sont les ennemis de ce qui existe.

Loin des lieux qu'ensanglante une guerre intestine,
A l'abri de l'émeute et des fureurs de Mars,
Sur le sol qu'illustra le vers de Lamartine,
Une heure est consacrée à l'amour des beaux-arts.
En vain dans cette lice où le bon goût s'épure,
  On voudrait me voir figurer :
Je n'ai ni conducteur, ni chevaux, ni voiture,
  Et courir c'est me torturer.

Goûtez en mon absence un bonheur sans mélange ;
Et puissent vos loisirs en être illuminés !
Arrêtons-nous... Ces vœux, quoique dus à votre ange,
Aux yeux des détracteurs seraient incriminés.

18

Tout ce qui contrarie un préjugé vulgaire
    Est suspect à l'esprit d'orgueil,
Et le plus grand honneur, dans les ferments de guerre,
    Est souvent pour nous un écueil.

Néanmoins, libre, fier et juste en toute chose,
Admirateur zélé des sublimes talents,
Je mettrai sous mes pieds le caprice morose,
Ordinaire attribut des hommes turbulents.
Plein d'un enthousiasme auquel rien ne peut nuire,
    A l'aurore comme au déclin,
J'admirerai l'étoile où mon œil a vu luire
    Un rayon du feu sibyllin.

Des grandes vérités que le génie explique
On peut faire, en révolte, un monstrueux abus;
Mais l'esprit qui s'immole à la chose publique
Est tôt ou tard vengé des injustes rebuts.
Dites à votre ami que la France victime,
    Ardente et sensible à l'honneur,
En face des partis, rendra sa vieille estime
    A qui désirera son bonheur.

L'homme, dans les calculs où son zèle s'égare,
Est par nos vieux retours le plus souvent froissé.
Quiconque ose flatter la populace ignare,
Au jour de ses excès se verra délaissé.

L'ours, mis en liberté, reprend l'instinct sauvage,
    Et loin de se montrer flatteur,
A défaut de victime, alimente sa rage
    Aux dépens du libérateur.

Exciter un élan chez la plèbe aveuglée
Est de tous les essais le moins sage à mes yeux.
La foule qu'on insurge, une fois déréglée,
A toujours sa tendance aux actes furieux.
La popularité, que l'orateur mendie,
    En un jour s'exalte ou se perd,
Et le brandon qu'on jette au foyer d'incendie,
    Atteint jusqu'au bras qui s'en sert.

L'ordre une fois troublé, quelle main assez ferme
Arrêterait le cours de nos ambitions?
Qui pourrait se flatter d'arriver à bon terme,
En suivant le débord des folles passions?
L'ordinaire penchant du sot qu'on émancipe
    Est de ne connaître aucun frein.
La liberté qu'on laisse à l'être sans principe
    A la licence pour refrain.

Compter sur la raison d'un peuple qu'on remue,
Est des systèmes vains le plus mal digéré.
Une fois dans les cœurs l'ire fébrile émue,
Il est peu de retours vers le sens modéré.

Le flot torrentueux , précipitant sa course,
  Entraîne tout au sein des mers,
Et le ruisseau limpide, infecté dans sa source,
  A lui-même ses goûts amers.

Si l'inspiration d'une belle nature
Inculquait la sagesse au commun des mortels ;
Si Dieu rendait son type à l'humble créature,
Et si la grâce à flots jaillissait des autels,
Fort de son innocence , on verrait l'homme libre
  Accomplir le bien projeté :
Tout deviendrait facile, et le juste équilibre
  Au monde pur serait jeté.

Mais dans l'état de trouble et d'orgueilleuse ivresse
Où nous plongea l'écho des cris républicains,
Comment pouvoir dompter ce monstre qui se dresse,
Et du sang le plus pur ose rougir ses mains?
Voit-on le vil esclave, affranchi de sa chaîne,
  Etreindre l'homme qu'il servait?
Le sens démocratique est-il exempt de haine
  Et la liberté, de forfaits?

Sur un avènement pacifique des masses
Aucun solide espoir ne peut donc se fonder ;
L'expérience est là: par la fonte des glaces,
Un sol, jusqu'alors sain , finit par s'inonder.

Dans les soulèvements, le parti le plus sage
    Est d'opposer le fer au fer.
La raison ne peut rien sur une aveugle rage .
    Il faut la lancette au cancer.

Trop tard désabusé sur sa philanthropie,
Un noble cœur gémit du réveil des méchants,
Et la même vertu qui rêva l'utopie,
A regret voit surgir nos funestes penchants.
De sa sincérité généreuse victime,
    En butte à l'injuste dédain,
L'homme d'état s'isole, et sous sa propre estime
    Etouffe le mépris mondain.

Qu'il s'attache au récif le cygne que l'orage
Avait cru submerger dans l'égoùt limoneux ;
Le soleil reviendra qui, dorant son corsage,
En fera resplendir le duvet cotonneux.
Jamais le diament, terni par l'écaillure,
    A-t-il fondu comme un verglas?
Jamais la pureté, sous l'indigne souillure,
    Eut-elle pour nous moins d'appas?

Le torrent qui ravage a sa phase critique.
Un rien peut amortir la fureur de parti.
L'équitable avenir à la page historique
Imprimera le sceau d'un libre démenti.

Tout ce qui brille à faux échappe à la mémoire,
    Et l'impassible vérité
Seule , parmi la foule envieuse de gloire ,
    Arrive à la postérité.

DIX-NEUVIÈME POLÉMIQUE.

A l'Exilé des Trois Jours.

Haud statim oblitus est. (TACITE)
Personne ne l'oublia de suite.

Le ciel à l'horizon se couvrait de nuages ;
Aux portes du couchant rugissaient les orages ;
Un vent parti du nord bondissait de fureur,
Et le triste exilé suppliait le Seigneur.
  Son pied toucha le seuil de l'abri solitaire.
Accablé, mais soumis, dans sa douleur amère,
Il demandait encor la fin des mauvais jours :
L'ouragan furieux emporta son discours.

  Entrons, dit le martyr ; il est pour l'innocence
Un port dans le péril : ce port c'est l'espérance.
  . Et son bras engourdi ranima le foyer
Près duquel sur un banc son corps vint s'appuyer.
Du pain de ses sueurs, bouilli dans l'eau salée,
Sa main combla la coupe à ses pieds étalée.

Il avala d'un trait le modeste régal ;
Puis, remerciant Dieu de ce repas frugal,
Sur son humble grabat il reposa sa tête.
   O qu'un asile est doux quand rugit la tempête !
Et cependant, troublé par un vieux souvenir,
Son cœur plein d'amertume exhalait ce soupir :
   « Hélas ! dans les horreurs d'un si cruel supplice,
» N'ai-je pas de la vie épuisé le calice ?
» Après un long exil, n'est-il pas temps, Seigneur,
» De rappeler à toi ce triste serviteur ?
» Pourquoi laisser languir, sous ce vase d'argile,
» Un rayon immortel qui te demande asile ?
» Entends ma voix plaintive, et brise enfin l'anneau
» Qui me retient captif aux portes du tombeau. »
   Il dit, et le sommeil abaissa sa paupière,
Et l'esprit des douleurs emporta sa prière.
   A peine le marteau, par le ressort conduit,
Sur la cloche nocturne avait sonné minuit,
L'ange des rêves doux, perlé de saintes larmes,
A l'homme du malheur apparut plein de charmes.
   Une femme superbe, en longs habits de deuil,
Ouvrant l'humble retraite, en franchissait le seuil.
Près du jeune proscrit, souriante elle avance :
« Eveille-toi, dit-elle, et reconnais la France.
   » Autrefois dans mon sein tu te vis caressé.
» L'amour que j'eus pour toi ne s'est point effacé,
» Mais je crains que l'exil, aigrissant ta misère,
» A ton cœur ulcéré ne me rende moins chère ;
» Ouvre tes jeunes bras, comprends ce doux baiser,
» Dictame d'un courroux qui tend à s'apaiser.

» On fut dur envers toi ; mais l'esprit de vertige
» En vain du chêne antique a séparé la tige ,
» Au temps marqué par Dieu, l'arbre refleurira ;
» Des gourmands, à leur tour, la terre se rira.
» L'huile sainte, en son vase avec soin conservée,
» Au fils aîné du temple est encor réservée ;
» Elle s'épanchera , les vœux saliques prêts.
» Du ciel, en attendant, respecte les arrêts.

  » L'ostracisme odieux dont tu fus la victime,
» A frappé justement le pouvoir légitime.
» Au serment violé cet exil était dû ;
» Mais le bras dans la nue aujourd'hui suspendu
» N'attend qu'un repentir pour verser la clémence.

  » Abjure des tyrans l'orgueilleuse démence,
» Et d'un sceptre autrefois cher à tous les Français
» Ne souille pas l'éclat par de honteux excès.
» L'abus des libertés ne les rend pas moins saintes.
» Au lieu de leur porter de mortelles atteintes ,
» Assure leur triomphe en préparant le tien :
» La Charte, au lieu d'un maître, a besoin d'un soutien.

  » Si tu veux conquérir l'amour de ta patrie,
» Elevé sur le sol de l'antique Neustrie,
» Au despotisme usé lègue un juste mépris :
» La popularité ne s'acquiert qu'à ce prix.
» Sois Français avant tout : la saine politique
» Ailleurs qu'au Champ-de-Mars n'admet pas la tactique.
» Adopte franchement les pouvoirs combinés,
» Sur le marbre des lois par les tiens burinés.
» La barrière franchie, avec moi prends ta course :
» Un trône qui s'isole est perdu sans ressource.

» En un danger commun, cherche un commun appui:
» Si le prince est français, tous le sont avec lui.
  » Tel est de mes enfants le noble caractère.
» On peut avec leurs bras commander à la terre ;
» On ne peut les soumettre au joug qu'ils ont brisé.
» Le roi dans l'arbitraire est un roi méprisé.
» De mes sages conseils garde bien la mémoire,
» Et je te reverrai si tu comprends la gloire. »
  A ces mots disparut l'ombre chère à son cœur,
Et le triste exilé resta dans la douleur.

VINGTIÈME POLÉMIQUE.

Le Retour.

Le Louvre est étonné de sa pompe étrangère.
(VOLTAIRE. Henriade.)

Les temps ne sont pas révolus ;
Attendez les destins qui vous sont dévolus.
Enfoui quelques mois , le germe enfin rapporte ;
Exhumé trop vite, il avorte.

Avant d'élever un débat,
Calculez froidement les chances du combat :
Tandis que la lenteur au courage s'excite ,
La lâcheté se précipite.

Méfiez - vous de cette ardeur,
Elan peu réfléchi d'une aveugle fureur :

Qui sait se posséder n'expose pas sa tête
A la honte d'une défaite.

On combat toujours glorieux,
Lorsqu'on voit le péril sans détourner les yeux ;
Mais qui trop promptement commence une poursuite,
Plus vite encor prendra la fuite.

Il n'est pas de honteux laurier ;
Prudence qui prévoit sied toujours au guerrier.
La gloire est difficile à qui veut la surprendre,
Et fidèle à qui sait l'attendre.

Ainsi, lorsque l'esprit d'orgueil
Des palais qu'il assiège ensanglante le seuil,
Laissez sur le débord de ce torrent qui passe
Agir le soleil de la grâce.

Après les jours de la terreur,
L'homme circonvenu revient de son erreur.

De l'impie acharné , qui se croit quelque chose,
Le juste sépara sa cause.

Au malheur qui l'avait frappé,
Par l'effet du remords, à son tour échappé ,
Le peuple , mieux instruit, préfère à la licence
Une loyale obéissance.

Alors se réveille chez lui
L'instinct qui le rattache au dynastique appui.
Las des agitateurs, il donne son suffrage
Au souvenir du grand courage.

Ainsi qu'une transition ,
Meurt, d'échos en échos, la révolution.
Le retentissement de l'honneur qui s'éveille
A son tour frappe notre oreille.

On comprend que l'ordre et la paix
Du vertige émeutier ne résultent jamais;

Que du commun repos une puissante égide
　　Est le garant le plus solide.

Assuré que de sages lois
Peuvent à l'arbitraire offrir un contre-poids,
L'homme qui veut le bien, sans cesser d'être libre,
　　Admet la chance d'équilibre.

Il n'attache plus aucun prix
A ces rêves brillants dont son cœur fut épris.
Souverain sans pouvoir, monarque sans couronne,
　　Il rit du titre qu'on lui donne.

Humble dans ses nouveaux désirs,
Le front humilié, le cœur gros de soupirs,
Il fait fi de l'espoir dont on l'osa repaître,
　　Et né sujet, demande un maître.

A ce retour vers la raison,
Le soleil éclipsé redore l'horizon.

La fleur qui languissait par l'orage abattue,
Echappe au souffle qui la tue.

Ainsi, dans les crises d'État,
Le principe moral survit à l'attentat.
L'arbre que sous ses pieds écrasait le vertige,
A son tour, relève sa tige.

Après l'abus des libertés,
Les soins réparateurs, sagement concertés,
Peuvent à cette épreuve, ou brûlante ou déçue,
Ouvrir une meilleure issue.

Du passé dont on doit rougir
Le bien-être futur quelquefois peut surgir.
Albion, qui de sang abreuvait la Tamise,
A ses rois devint plus soumise.

A Rome où la même fureur
Imprimait au Sénat l'épouvante et l'horreur,

La liberté coupable, infidèle et transfuge,
Eut César pour dernier refuge.

Quand la Ligue, fatale aux Rois,
Fanatisait le peuple , assassinait Valois ,
Henry faisait porter au citadin farouche
Un pain que dévorait sa bouche.

Après le retour des Bourbons,
Quand l'Empire abattu jetait ses derniers bonds,
Dieu, las de châtier, fit luire sur la France
Un nouveau rayon d'espérance.

On crut que ce jet radieux
Ferait revivre en nous la foi de nos ayeux;
Mais l'infernal brandon , jeté par l'athéisme,
Incendia jusqu'au civisme.

A la censure des écrits
La révolte imprima le cachet du mépris.

Publiquement prêchés , les rêves d'utopie
    Ouvrirent la lice à l'impie.

    On vit un prince usurpateur
Succomber sous l'effort du bras perturbateur.
Au moyen de la presse, on remua les masses ,
    Et le forum eut ses Voraces.

    En vain des chefs improvisés
Donnèrent aux fiévreux des soins mal avisés ,
L'ogre dévorateur, en tarissant les bourses,
    Epuisa toutes nos ressources.

    Alors survint ce grand concours
Auquel tous les partis prêtèrent leur secours :
L'héritier du grand homme , investi de la toge ,
    Eut sa part du martyrologe.

    En butte aux factieux dédains,
Le dégoût quelque temps paralysa ses mains;

Puis, sous la sanction d'une chambre nouvelle,
On vit se dégourdir son zèle.

Efforts tardifs! soins superflus!
L'ours mis en liberté ne se modère plus;
De même le méchant, sevré de toute honte,
Insulte au pouvoir qui l'affronte.

O crime! ô déplorables jours!
L'hydre qui dévorait nous assiège toujours.
Partout le drapeau rouge, étendard sanguinaire,
A fait appel au mercenaire.

Autour de ses vieux échafauds
Le progrès montagnard ameute ses badauds.
Des clubistes défunts la poussière éveillée
Rompt sa toile déguenillée.

Aux rostres de nos carrefours,
L'orateur plébéien fulmine ce discours :

« Point de Dieu, point de rois, point de blancs, point de
  » A bas le riche ! à bas les traîtres ! »   [prêtres.

Et, de retour en son foyer,
Le rustre, à son exemple, essaie d'aboyer.
Ce vase, tout bouffi de sa grossière argile,
Incrimine aussi l'évangile.

Embarrassé des quelques mots
Qu'au bec du perroquet lancèrent les marmots,
Le docte improvisé nuit et jour se torture,
Afin d'avilir sa nature.

Insensé ! que peut ton orgueil
A celui dont la voix jugera le cercueil ?
A ce Dieu tout puissant que ta fiévreuse esclandre
Abaisse au niveau de ta cendre ?

Espères-tu, crasseux limon,
T'asseoir comme la mouche à l'avant du timon ?

Ce bras qui met un frein à la démagogie
A-t-il perdu son énergie?

O pygmée! O piteux néant!
Roseau que brisera le souffle du géant!
N'entends-tu pas la voix dont l'accent prophétique
A retenti sous le portique?

« En vain l'Enfer est sur mes pas;
» Contre ma sainte Église il ne prévaudra pas.
» J'affermirai le faible, et le front du superbe
» Ira pourrir caché sous l'herbe.

» Après l'abomination,
» L'exilé reverra le rempart de Sion;
» Plus soumis, plus fervent, le peuple de ma droite
» Entrera dans la voie étroite.

» Alors, comme un gage de paix,
» Je donnerai l'Empire à celui que j'aimais.

» Le tyran démagogue, assujéti lui-même,
  » Affermira son diadème.

  » Alors j'ornerai de saphir
» La fleur que je privais du baiser de Zéphir ;
» Alors, sous le concours d'un bras ferme et plus digne,
  » On verra prospérer ma vigne.

  » Heureux les fruits du nouveau don
» Qui n'auront pas alors dédaigné le pardon !
» Leurs jours seront comptés dans le livre de vie,
  » Et leur âme sera ravie.

  » En attendant, dit le Seigneur,
» Je livrerai la terre à sa propre fureur;
» Les crimes consommés et remplacés par d'autres
  » Atteindront jusqu'à mes apôtres.

  On verra le chef des élus,
» Chassé du sanctuaire où je ne serai plus,

» Gémir, triste pasteur, sur la mare bourbeuse
» Où piète la brebis galeuse.

» Acharné contre mon troupeau,
» Le loup dévorera jusqu'au poil de sa peau.
» Le sang qu'aura versé la démence fébrile
» Infectera l'air de la ville.

» Incendié par le progrès,
» Le toit du laboureur entendra ses regrets.
» Les sinistres gréleux, les pâles maladies,
» Achèveront les tragédies.

» A l'aspect de ses frères morts,
» Le méchant contre lui tournera ses efforts,
» Et de sa propre main déchirant ses entrailles,
» Avancera ses funérailles.

» Alors saccagés ou détruits,
» Les champs ne donneront que d'inutiles fruits.

» Le travail en chômage et la glèbe indigente
    » Auront pour tout gage l'attente.

    » On verra des taches de sang
» Passer de l'atmosphère au cristal de l'étang ;
» Des foudres, des éclairs, des teintements d'oreille,
    » Annonceront que l'esprit veille.

    » Effrayés de leurs maux présents,
» Craignant pour l'avenir des chagrins plus cuisants,
» Les hommes gémiront, jusqu'à ce que le traître
    » Apprenne que je suis le maître.

    » Ainsi je l'annonce au pécheur,
» Moi qui suis le vrai Dieu, le Très-Haut, le Seigneur,
» Moi, qui donnai la vie à celui qui blasphème,
    » Et qui ne suis que par moi-même. »

    Il est temps ; reviens à lui,
Français dont sa bonté si longtemps fut l'appui.

De ceux qu'ostracisait ton impuissante rage
Accepte le vieux patronage.

Aux mérites du repentir
La grâce du Très-Haut se fait toujours sentir ;
Mais le cœur endurci , qu'aucun remords ne touche,
Expire toujours plus farouche.

Où t'a conduit ce premier pas,
Devenu le signal de tant d'affreux combats?
Soixante ans de discords, semés par la révolte ,
Ont-ils produit bonne récolte?

Ouvre tes yeux appesantis ;
Vois l'effet désastreux des rêves de partis ;
Conçois que des abus d'un règne illégitime
Un peuple est toujours la victime.

Apprends aussi que, sans la Foi,
Nul orgueil ne se plie au respect de la loi;

Que, pour le consoler de sa longue souffrance,
Il faut à l'homme une espérance.

Au bord du gouffre zélateur
Où te poussa l'orgueil de l'esprit novateur,
Saisis le rejeton de l'arbre symbolique,
Ombrage de la paix publique.

Heureux et libre en même temps,
Garde au chef ton amour, à Dieu seul ton encens;
Eclairé mais soumis, respectueux mais brave,
Un chrétien n'est jamais esclave.

FIN DU 1er VOLUME.

TABLE

DES MATIÈRES

Contenus dans le premier volume.

FIN DE LA TABLE DU 1ᵉʳ VOLUME.

www.ingramcontent.com/pod-product-compliance
Lightning Source LLC
Chambersburg PA
CBHW071857020726
47502CB00003B/787